KB102490

지금 만나야 할
21세기 이솝

거꾸로 보는
이솝 우화

일러두기

- 작가의 원어명은 첫 등장 시에만 병기하였습니다.
- 수록된 그림 중에는 저자의 의도에 따라 부분을 잘라서 소개한 경우도 있습니다.
  캡션의 연도는 대체로 해당 삽화가 수록된 책이 출판된 시기를 기준으로 하였습니다.

지금 만나야 할
21세기 이솝

거꾸로 보는
이솝 우화

박홍순 지음

마로니에북스

차례

내가 하는 생각이 곧 나다

생각과 행동을 바꾸는 지혜

생의 기쁨과 슬픔

일과 삶을 헤아리는 지혜

나에게서 세상에게

사회와 권력을 생각하는 지혜

내가 하는 생각이
곧 나다

생각과 행동을 바꾸는 지혜

포도가 시다고
말하는 여우

《이솝 우화》원작에서는...

굶주린 여우가 포도 덩굴에 포도송이들이 열린 것을 보았다. 포도를 먹으려 했으나 높이 달려 있어서 딸 수가 없었다. 나무를 타고 올라가 최대한 발을 내밀었지만 도무지 닿지를 않았다. 한참을 노력했지만 결국 성공하지 못하자 여우는 그곳을 떠나며 혼자 중얼거렸다. "그 포도송이들은 아직 덜 익은 신맛이어서 어차피 먹을 수 없을 거야." 자기의 능력이 부족해서 해내지 못한 일을 조건 탓으로 돌리면시 지기 위안을 하는 사고방식을 비판하는 내용이다.

#신_포도
#정신승리?
#나만의_위로

며칠째 제대로 먹지 못해 몹시 배가 고픈 여우가 있었다. 주린 배를 부여잡고 터덜터덜 걷는 중에 어디선가 코를 자극하는 과일 향이 풍겼다. 냄새가 나는 곳을 찾아 걸어가니 커다란 포도나무가 보였다. 나무를 타고 올라간 덩굴에 포도송이들이 여기저기 먹음직스럽게 열려 있었다.

가뜩이나 배가 고팠던 여우는 포도를 본 순간 더 허기가 느껴졌다. 홀쭉한 배에서는 빨리 무엇이라도 먹으라는 듯 계속 꼬르륵 소리가 들렸다. 여우는 더 이상 못 참겠다는 듯 잽싸게 포도나무 아래로 갔다. 그런데 멀리서 볼 때와는 달리 포도송이가 꽤 높이 매달려 있어서 입이 닿지를 않았다.

한쪽 발을 쭉 펴서 최대한 멀리 뻗어봤지만 역시 모자랐다. 나무 기둥에 기대어 최대한 몸을 길게 세운 후에 다시 발을 내밀었지만 여전히 포도를 딸 수가 없었다. 한동안을 나무에 매달려 버둥거려봤지만 도무지 허사였다. 오히려 있는 대로 힘을 다 써서 배만 더 고파져 왔다. 포도를 향해 뛰어오를 힘도 더 이상 없었다.

결국 안타깝기는 하지만 포도를 따는 일을 포기할 수밖에 없었다. 나무에서 발을 떼고 축 처져서 왔던 길로 다시 발길을 돌렸다. 어깨를 늘어뜨리고 걷다가 포도가 있는 쪽을 흘낏 돌아보며 혼자 중얼거렸다.

"그 포도송이들은 아주 신맛일 거야! 분명히 아직 덜 익어서 먹을 수가 없을걸! 공연히 힘을 더 들여 봐야 헛고생만 잔뜩 하는 거지 뭐."

이 모습을 지켜보고 있던 늑대가 조롱하며 여우의 잘못을 지적했다.

"여우야! 너는 참 희한하게 핑계를 대는구나."

"무슨 말이야?"

"그렇잖아. 네 능력이 부족해서 포도를 따 먹지 못했으면서도 덜 익어서 먹을 수 없을 테니 차라리 잘됐다는 식이니 말이야."

"그게 뭐 어때서?"

"자기의 능력 부족을 탓하지 않고, 포도가 문제가 있나면서 둘러대니 얼마나 솔직하지 못하니! 좀 비굴하게 느껴지지 않니?"

"늑대야! 너야말로 참 비뚤어진 생각을 갖고 있구나."

프랑수아 쇼보François Chauveau 〈여우와 포도〉 1668년

여우가 별 이상한 놈 다 보겠다는 듯이 한마디 툭 던지자 늑대는 어안이 벙벙했다. 너무나 분명해 보이는 잘못을 지적했다가 오히려 면박을 당한 꼴이니 말이다. 여우를 조롱하려다 오히려 핀잔을 듣는 기분이 든 늑대가 성질을 내며 다시 한마디 던졌다.

　"방귀 뀐 놈이 성질을 낸다고 하더니 딱 너를 두고 하는 말이네."

　"방귀 냄새는 너에게서 나는걸!"

　"문제는 네게 있는데, 왜 나한테 화살을 돌리니? 여러 가지로 넌 참 솔직하지 못하고 비겁하구나. 왜 내가 문제야?"

　"늑대야, 내가 지금 너를 속이거나 피해를 준 게 있니? 아주 작은 거라도 말이야."

　"아니, 내게 해를 입히는 말이나 행동을 하지는 않았지."

　"그런데 왜 나를 조롱하고 잘못이라고 지적을 해?"

　"네가 하는 짓이 우스꽝스러우니까. 누가 봐도 먹음직스럽게 잘 익은 포도잖아. 그런데 네 키가 작고 발이 짧아 못 먹은 걸 포도가 덜 익어서 안 먹었다는 식으로 핑계를 만드니 얼마나 우습냐구."

　"그래, 핑계라는 네 지적이 틀린 말은 아니야. 포도가 덜 익어서 신맛일 게 틀림없다고 한 말이 능력 부족으로 배고픔을 해결하지 못한 나에게 보내는 마음의 위안이니까. 그런데 말이야. 내 입이나 발이 닿지 않아 포도를 먹지 못한 일에 대해 계속 안타까워하고 나를 탓하기보다는, 비록 핑계라도 만들어서 자기 위안

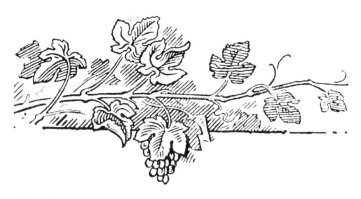

리처드 헤이웨이Richard Heighway 〈포도〉 1894년

을 하는 게 왜 문제야? 그렇게라도 해서 내 마음이나마 편해지려는데 말이야."

"내 말은 그게 우습다는 거지 뭐."

"내 모습이 네게 우습게 보였을 수는 있어. 네가 어떻게 생각하든 네 마음대로니 말이야. 하지만 내가 어느 누구를 속이거나 피해를 준 게 아니잖아. 그러면 네게 엉뚱하게 보였든 우습게 보였든 전적으로 내 자유 아니야? 남에게 어떤 피해를 주었을 때 잘못된 말이나 행위라고 지적을 해야 하는 거 아니야? 남과는 상관없이 내가 나를 위해서 한 말에 대해 왜 비판을 받아야 하냐구."

"……."

"오히려 너의 조롱이 비뚤어진 생각 아니야? 남의 자유로운 생각을 방해하는 짓이고. 그러니 방귀 냄새가 네게서 난다고 하지."

"허, 참……. 정색하고 따지니 딱히 할 말이 마땅치 않네. 쩝……."

기꾸로 보는 이솝 우화

늦대는 여우의 말에 뚜렷하게 반박할 방법을 찾지 못하자, 머리를 긁적이며 멋쩍어하는 눈치를 보였다. 하긴 곰곰이 생각하니 남을 속여서 어려움에 빠지게 만들거나 직접 피해를 주었다면 주위로부터 비판을 받든 처벌을 받든 해야 할 일이다. 하지만 포도가 덜 익었다는 여우의 말이 우습게 보인다고 해서 조롱이나 욕을 들을 이유는 없을 듯했다.

늦대가 조금은 민망해하며 미안한 얼굴을 보이자 여우도 불끈 솟아난 화가 어느 정도 누그러졌다. 한결 차분해진 말투로 늦대에게 말을 건넸다.

"똑같이 포도가 덜 익어 시다고 말하는 경우라도 충분히 욕을 먹어야 하는 짓이 있을 수는 있어."

늦대가 어리둥절한 표정이 되었다. 조금 전에 여우가 한 말과 같은 말인데 비판을 받아 싼 짓이 있다고 하니 말이다.

"여우야! 그건 또 무슨 말이니?"

"포도가 시다고 말해서 남들을 속이는 놈들이 있기는 해. 네가 정말 바른말을 하고 싶다면 그런 놈에게 해!"

"그러니까, 무슨 뜻이냐고? 남을 속이거나 피해를 주지 않는 한 욕을 먹을 이유가 없다는 네 말은 이제 알겠어. 그런데 똑같은 말이 어떻게 남을 속이는 짓으로 사용될 수 있다는 건지 도무지 이해가 가지 않거든."

"우리 여우 가운데 그런 나쁜 놈이 있어."

"궁금해! 네 말 기다리다가 내가 숨넘어가겠다. 빨리 얘기해 줘!"

"우리 여우 무리 중에 아주 욕심이 많고 약삭빠른 여우가 있거든. 워낙 꾀가 많기로 유명해서 꾀돌이라는 이름으로 불렸지. 다른 여우들이 평소에 그에게 의견을 묻는 경우가 있곤 했어."

"꾀돌이 여우가 어쨌는데?"

"요즘 먹을 게 부족해서 여우들 모두가 배가 고파. 얼마 전에 어떤 여우가 언덕 너머에 포도가 주렁주렁 열린 나무를 봤다며 그곳으로 가서 배를 채우자고 말을 했지. 마침 포도나무도 높지 않아서 누구나 입으로 따 먹을 수 있으니 안성맞춤이라고 하더라구. 다들 좋은 생각이라며 반기며 일어서는데, 꾀돌이 여우가 앞을 가로막고 나서며 갈 필요가 없다고 하는 게 아니겠어!"

"왜? 주린 배를 조금이라도 채울 수 있는데?"

"자기가 가봤었는데 아직 너무 익지 않아서 신맛 때문에 도저히 먹을 수가 없다는 거야. 괜히 헛고생하지 말고 다른 데를 알아보는 게 좋다는 충고였지."

"그래서?"

"타당한 충고니까 다른 여우들도 고개를 끄덕였어. 굳이 먹을 수 없는 덜 익은 포도 때문에 먼 길을 걷느라고 몸이 힘들고 실망 때문에 마음도 힘들 필요가 없다는 생각이었지. 다들 없던 얘기로 했어."

"하긴 못 먹을 포도를 찾아서 먼 길을 갈 이유가 없기는 하지.

거꾸로 보는 이솝 우화

그러면 꾀돌이라는 여우가 특별히 잘못한 것이 없지 않아?”

“이야기는 이제부터야. 조금 후에 꾀돌이가 어슬렁거리며 혼자 어딜 가는 거야. 문득 이상한 생각이 들어서 몰래 뒤를 따라갔지.”

“따라갔더니?”

“처음에는 숲속으로 들어가는 듯하더니 다른 여우들이 눈치채지 못하게 빙 돌아서 덜 익은 포도들이 있다고 한 바로 그 언덕 너머로 가더라구.”

“다른 여우들에게 괜히 헛고생하지 말라며 거기는 왜?”

“그러니까 누가 봐도 너무 이상하잖아. 가만히 하는 짓을 살폈지. 한참을 갔더니 정말 포도송이들이 달린 나무가 있더라구. 도착하자마자 한걸음에 다가서서 탐스럽게 익은 포도를 냉큼 따 먹는 게 아니겠어! 마치 누가 뺏어 먹기라도 할 것처럼 허겁지겁 먹는 거야. 그 게걸스럽게 먹는 모습이라니!”

“저런 나쁜 놈 같으니라구! 결국 다른 여우들을 속였네!”

늑대는 자기가 당한 일이라도 되는 듯이 얼굴을 붉으락푸르락해가며 화를 냈다. 마치 지금 자기 눈앞에서 벌어지는 일을 직접 본 것처럼 욕설을 퍼부었다. 오히려 여우가 그만하라며 만류할 정도로 흥분된 상태였다. 여우는 말을 이었다.

“하는 짓을 보니, 그날 처음으로 몰래 찾아가서 따 먹은 설로 끝나는 이야기가 아니야. 조금의 망설임도 없이 포도나무를 찾아가는 행동이나, 잘 익었는지 살펴보지도 않고 바로 입안에 가득 넣고 먹는 모습을 보니 말이야. 이미 얼마 전부터 혼자 몰래 가서 먹었던 게 분명해 보여. 다른 여우에게서 언덕 너머에 포도 나무가 있다는 얘기를 듣고 아마 깜짝 놀랐을 거야. 그래서 얼른 덜 익어서 먹을 수 없다고 둘러대서 다른 여우들이 먹지 못하도록 막은 거야."

"정말 나쁜 놈이라는 말밖에는 달리 표현할 방법이 없네."

"이제 궁금증이 풀렸니? 내가 포도가 시다고 한 말은 그저 자기 마음의 위안을 위한 푸념일 뿐이잖아. 뭐라고 비난할 이유가 없어. 말 그대로 나의 자유야! 하지만 그 여우가 시다고 한 말은 남들을 속여서, 다른 여우들이 배고픔을 달랠 기회를 빼앗아갔다는 점에서 피해를 준 경우지. 그런 행위라면 도저히 자유라고 볼 수가 없어. 조롱이나 욕을 먹어도 싸지. 여우 무리 내에서 제재를 받을 필요도 있고 말이야."

"그래. 네 말을 들으니 이제 확실히 구분이 되네. 자기 마음에 들지 않는다고 해서 무작정 비판하거나 제재하는 건 확실히 잘못이야. 네 말대로 다른 이들에게 직접 피해를 주는 말이나 행동을 비판하는 게 맞는 것 같아."

"다른 이에게 직접 피해를 주지 않는 한 모든 생각이나 행위는 자유로 인정되어야 해. 다른 다수의 사람에게 아무리 엉뚱하거나 우스꽝스럽게 보이더라도 말이야. 그러니 너의 조롱에 내가 발끈했던 것이고."

찰스 로빈슨Charles Robinson 〈여우와 포도〉 1924년

"여우야, 미안해! 이야기를 듣고 보니 내 생각이 참 짧았네. 속여서 남들의 기회를 빼앗은 그 못된 여우야말로 모두의 욕을 먹어야 해."

"그런데 현실에서는 많은 이들의 생각이 상당히 달라. 그런 나쁜 놈들이 더 인정을 받거나 대우를 받곤 하거든."

"왜? 누가 봐도 나쁜 놈이잖아!"

"그런 나쁜 놈이 주위로부터 비판이나 제재를 받기는커녕 오히려 능력이 있다는 평을 듣는 경우를 자주 봤어."

"뭐라고? 도대체 말이 돼?"

"이 세상에서 얼마든지 일어나는 일인걸! 남들을 속여서라도 많은 재산을 손에 넣었을 때 부러워하는 경우가 많거든. 직접 폭력을 휘둘러서 남들의 재산을 빼앗는 범죄가 아닌 이상 무슨 짓을 해서든 재산을 늘리는 게 영리한 행위라고 생각하곤 하니까. 그래서 그 여우처럼 자기 이익을 위해 다른 이들의 기회를 빼앗아서 사실상의 피해를 준 행위를 영리하고 자랑스러운 일로 여기는 이들이 상당히 많아. 보통은 그런 짓을 잘할수록 주변에서 능력이 뛰어나다는 칭찬을 받지. 반대로 그렇게 하지 못할 때 능력이 부족한 놈이라는 조롱을 받기도 하고."

"오늘 네 말을 들으면서 여러 가지로 놀랍기만 하네. 내가 그동안 옳다고 생각하고 있던 상식이 사실은 지극히 비뚤어진 사고방식일 수도 있으니 말이야."

거꾸로 보는 이솝 우화

"누구 하나의 잘못만은 아니야. 생각해보면 그동안 잘못된 사고방식이 상식이라는 이름으로 마치 진실인 양 퍼져 있는 게 많으니까. 한마디로 속으면서 살고 있는 꼴이지. 속지 않으려면 우리가 정신을 바짝 차려야 해!"

"아무튼 다시 한번 네게 미안한 마음이야. 나도 앞으로 상식으로 불리는 생각이 정말 모두 맞는 건지 잘 생각해볼게."

여우와 늑대는 꽤 진지한 대화를 나눈 후에 마치 친구가 된 기분이었다. 언제 조롱하고 반발을 했는가 싶게 서로 보조를 맞추며 숲을 향해 걸어갔다.

❖ 세상이 등을 돌릴 때조차 나만이 나에게 건넬 수 있는
위로의 방법이 있나요?

❖ 원작이 주는 교훈을 거꾸로 읽기의 생각과 비교해
본다면?

황금알을 낳는
거위

《이솝 우화》 원작에서는…

어떤 사람이 기르던 거위가 황금알을 낳기 시작했다.
거위가 황금알을 낳는 이유는 몸속에 금덩이가 있어
서라고 생각했다. 그는 이를 확인하기 위해 칼을 들
고 거위의 배를 갈랐다. 그러나 거위의 배 안에 황금
은 없었고 여느 거위와 똑같았다. 단번에 부자가 되려
다가 가지고 있던 작은 이익마저 잃고 말았다. 가난한
사람이나 못난 사람은 갑자기 행운이 생겨도 자신의
어리석음 때문에 이를 살리지 못한다는 교훈을 담고
있다.

어느 마을에 가난한 농부가 살고 있었다. 오래전에 부모님은 돌아가시고 하루하루 근근이 살아가고 있었다. 그에게 재산이라고는 낡은 집과 아주 작은 밭, 그리고 마당에서 키우는 거위와 닭 몇 마리가 전부였다. 낡은 집은 비라도 내리면 여기저기 빗물이 새기 일쑤였다. 좁은 밭은 척박하기까지 해서 매일의 끼니를 해결하기에도 어려울 정도였다. 비록 몇 마리밖에 되지 않지만 거위와 닭이 낳아주는 알이 살아가는 데 큰 도움이 되었다.

매일 아침에 거위와 닭 우리에 가서 알을 낳았는지를 확인했다. 하루는 여느 날과 마찬가지로 들어갔더니 거위알이 하나 놓여 있었다. 오늘은 거위알을 삶아서 맛있게 먹어야겠다며 손을 뻗어 집으려다가 깜짝 놀랐다. 흰색이어야 할 거위알이 찬란하게 빛이 나는 금색이 아닌가. 잘못 본 게 아닌가 싶어서 손으로 몇 번이나 눈을 비볐지만 마찬가지였다. 뭐가 묻은 게 아닌가 싶어 물로 깨끗하게 닦아 보았지만 더 환하게 빛을 낼 뿐이었다.

아무래도 황금빛처럼 보여서 부랴부랴 상점들이 있는 거리로 달려갔다. 귀금속을 거래하는 상인에게 확인했더니 황금이 확실했다. 비록 얇기는 하지만 껍질은 모두 황금으로 되어 있었다. 알 속은 여느 거위알이나 똑같았다. 상인은 값을 후하게 줄 테니 팔라고 했다. 돈을 받아든 농부는 깜짝 놀랐다. 생전 처음 만져보는 액수의 돈이었다. 농부는 이게 웬 떡이냐는 듯이 신바람이 나서 집으로 돌아왔다. 혹시 꿈이 아닐까 싶어 몇 번이나 세게 볼을 꼬집어보기도 했다. 생생한 현실이었다.

다음 날부터 아침에 일어나자마자 부리나케 우리로 달려가서 거위가 알을 낳았는지를 살폈다. 본래 거위가 매일 알을 낳는 게 아니어서 조바심을 내며 하루에도 몇 차례 들락거렸다. 일주일 정도가 지난 날 아침에 드디어 기다리던 황금알이 눈부시게 빛을 내며 놓여 있었다. 지난번과 마찬가지로 신이 나서 상인에게 달려갔다. 같은 값으로 알을 팔았고 주머니가 두둑해져서 돌아왔다.

이후 대략 일주일에 한 번씩 황금 거위알이 농부에게 선물처럼 주어졌다. 서너 달 사이에 황금알을 낳는 거위 덕분에 큰 이익을 얻었다. 농부는 누구도 생각하지 못할 큰 행운을 가져다준 거위를 애지중지하며 보살폈다. 더불어 마을 사람들이 모두 부러워

헨리 헤릭Henry Herrick 〈황금알을 낳는 거위〉 1882년

할 정도로 농부의 살림이 활짝 피었다.

농사를 짓기에 적합한 기름진 밭을 마련했다. 거센 바람이라도 불면 지붕이 맥없이 날아갈 것만 같던 낡은 집도 고쳤다. 마당도 조금은 더 넓히고 시원한 그늘이 생기도록 나무도 몇 그루 심었다. 식탁이나 의자와 같은 가구도 몇몇은 튼튼한 것으로 새로 마련했다. 같은 마을에 사는 친척 할아버지 집도 덕을 보았다. 그럭저럭 먹고살 수 있도록 농부가 밭을 마련해준 것이었다.

그러던 어느 날 농부는 거위를 우리에서 데리고 나왔다. 어쩐 일인지 움직이지 못하도록 날개를 잡고 집으로 들어가서 주방의 탁자 위에 올려놓았다. 심상치 않은 분위기를 느꼈는지 거위가 꽥꽥 소리를 내며 버둥거렸다. 하지만 농부는 칼을 들고 다가서더니 거위의 배를 갈랐다. 당연히 거위는 곧 몸이 축 늘어지면서 죽었다.

농부는 배를 가른 후 이리저리 배 속을 살폈다. 하지만 배 안에는 황금 덩어리가 없었다. 농부는 멈추지 않고 날카로운 칼로 내장도 열어보았다. 특히 알을 낳는 기능과 관련이 있는 배 아랫부분을 꼼꼼하게 살폈다. 하지만 그 안에도 황금과 관련하여 이렇다 할 무언가가 보이지 않았다.

한참을 신중하게 살피던 농부는 칼을 내려놓고 시무룩한 표정으로 앉아 있었다. 같은 마을에 사는 친척 할아버지가 지나가던 길에 집 안으로 들어왔다가 이 장면을 보고 소스라치게 놀라며 소리를 질렀다.

"아니, 이게 도대체 무슨 일이냐?"

"……."

"거위 몸속에 커다란 금덩이가 있는 줄 알고 거위를 죽였구나."

"그게……."

"어떻게 네 손으로 황금알을 낳아주던 거위를 죽여? 굴러들어온 복을 스스로 걷어차 버릴 수 있느냐구!"

"그게 아니고요. 어떻게 황금알이 나오는지를 알아야 하잖아요."

"그래서?"

"거위 배를 열어보는 수밖에 없죠."

"단번에 부자가 되려다가 가지고 있던 이익마저 잃고 말았구나. 어떻게 그토록 어리석은 생각을 할 수 있단 말이냐!"

할아버지는 도무지 믿지 못하겠다는 표정으로 탁자 위에 배가 갈린 채 널브러져 있는 거위에게 다가갔다. 마치 다시 살리기라도 하려는 듯이 탁자 위의 거위를 끌어안았다. 하지만 이미 한참 전에 숨이 넘어간 거위가 다시 살아날 리는 만무했다. 누가 건들기라도 하면 당장 울음을 터뜨릴 것만 같이 눈물이 그렁그렁했다. 할아버지는 죽은 거위를 끌어안고 바닥에 털썩 앉아 한동안 넋이 나간 표정으로 말을 잃었다.

죽은 거위를 안타깝게 바라보다가 다시 원망스러운 눈초리로 농부를 쳐다보곤 했다. 아무리 생각해도 어처구니없는 행동이라

월터 크레인Walter Crane 〈황금알을 낳는 거위〉 1887년

는 생각이 떠나지 않고 분도 풀리지 않는지 농부에게 다시 한마디를 쏘아붙였다.

"당장의 이익에 급급해 눈이 어두워진 나머지 어리석은 일을 저지른 게야. 세상에 둘도 없는 바보이지 뭐야."

"저기요, 할아버지……."

연세도 꽤 많은 친척 할아버지가 워낙 큰소리를 내는 바람에 농부는 한동안 말을 참고 잠자코 있었다. 하지만 계속 화를 멈추지 않는 데다 이제 바보 취급까지 하니 조심스럽게 말을 꺼냈다.

"나름대로 다 이유가 있고 필요해서 한 일이에요."

"뭐라고? 이유는 뻔하잖아! 황금알이 나오니 배 속에 분명히 커다란 황금 덩어리가 있을 거라고 생각했겠지. 그게 바보가 아니고 뭐야!"

"정말 그렇게 생각했다면 바보가 틀림없겠죠. 하지만 어느 누가 거위가 알을 낳는다고 해서 배 속에 아주 커다란 알이 들어 있을 거라고 생각하겠어요? 마찬가지로 황금알을 낳는다고 해서 황금 덩어리가 있을 리는 없죠. 만약 그토록 큰 금덩이를 배 속에 넣고 있으면 거위가 무거워서 걸어 다니지도 못하고 아마 살지도 못할걸요."

"뚫린 입이라고 말은 하는구나. 아무리 그래도 상식에 맞는 이야기를 해야지. 그러면 왜 배를 가른 거야?"

"좀 전에 말씀드렸잖아요. 어떻게 황금알이 나오는지를 알고

거꾸로 보는 이솝 우화

싶었다고요."

"그러니까 네가 어리석은 바보라고 하는 게 아니냐! 지난 몇 달 동안 일주일에 하나씩 황금알을 낳아주고 있으니 가만히 기다리기만 하면 되잖아. 그러면 앞으로도 갈수록 큰 부자가 되어 떵떵거리며 살 수 있었을 테고 말이야. 그런데 왜 거위의 배를 갈라서 자신에게 찾아온 큰 행운을 걷어차냐구."

"할아버지는 거위가 앞으로 계속 황금알을 낳아줄 거라고 생각해요?"

"당연하지! 지난 몇 달 동안 낳았으니까."

"지금까지 그래왔으니 앞으로도 그럴 거라는 말씀이세요?"

"암! 그렇고말고."

"예전에 황금알을 낳는 거위가 있다는 말 들어보신 적 있으세요?"

"아니! 그런 거위가 어디에 있겠어. 이 세상이 생겨난 이래 그런 일이 일어났다는 얘기를 들어본 적이 없지."

"그렇죠? 우리 거위한테도 그런 일이 일어난 적이 없었고요."

"그래! 그러니까 누구도 누려보지 못한 행운이라고 말하는 거 아니야! 네가 그 행운을 단번에 배를 갈라 날려 보냈고."

"화를 내지 말고 차분하게 생각해보세요."

"어떻게 화가 안 나게 생겼냐! 그래, 뭘 생각해보라는 거냐?"

할아버지는 아직도 분이 풀리지 않았는지 흥분이 가시지 않았

귀스타브 도레Gustave Doré 〈**황금알을 낳는 거위**〉 1880년

다. 마치 농부가 자기의 귀한 거위를 죽이기라도 한 것처럼 화를 냈다. 황금알을 낳는 거위 덕분에 자기도 그동안 일정하게 덕을 보았는데, 이제 그럴 기회가 사라졌다는 생각이 들어서 분통이 터졌는지도 모르겠다.

"이 거위도 어느 날 갑자기 황금알을 낳기 시작했잖아요."

"그랬지."

"마찬가지로 어느 날 갑자기 안 낳을 수 있는 거 아닌가요? 행운은 말 그대로 행운일 뿐이잖아요. 모든 행운이 그러하듯이 짧은 순간 찾아왔다가 사라지기 마련이고요. 그렇기 때문에 지난 몇 달 동안 행운이 있었다고 해서 계속 이어지리라는 기대야말로 어리석은 생각 아닌가요?"

"그야……."

"당장 이번 주부터 저 거위가 황금알이 아니라, 요리 이외에는 쓸모가 없는 보통 알을 낳을 수도 있잖아요. 그렇다고 해도 전혀 이상할 게 없죠. 멍청하게 행운이 사라지기를 기다리기보다는 어떻게 거위 배 속에서 황금알이 만들어지게 되었는지를 살펴서 알아보는 일이야말로 현명한 생각 아닌가요?"

"신기한 알이 만들어지는 이유를 알아내기는 했나?"

"배 안을 샅샅이 살펴보았지만, 안타깝게도 알 수가 없었어요."

"그것 보라구! 결국 거위만 죽은 꼴이잖아. 네게는 큰 손해밖에 남지 않았고."

"손해라니 무슨 말씀이세요. 지난 몇 달 동안 낳아준 황금알로 이미 상당한 이익을 얻었는걸요. 집을 새로 고치고 넓혔지요. 그리고 저도 그렇지만 할아버지도 농사지을 땅을 더 마련하셨고요. 우리는 이미 큰 이익을 누렸거든요. 손해만 봤다니 말이 되지 않아요. 문제는 앞으로도 계속 언제 끝날지 모르는 행운만 바라보고 살 것인지, 아니면 노력을 통해 더 나아질 것인지 가운데 하나를 선택하는 일 아닌가요?"

"아무튼 네가 말한 그 선택 가운데 거위의 배를 가른 일은, 결과를 보더라도 멍청한 짓이었음을 분명하게 보여주잖아!"

"당장의 결과만 놓고 잘했는지 잘못했는지를 판단하기는 어렵지 않나요? 물론 많은 사람들이 그런 식으로 판단하기는 해요. 만약 거위를 죽여서 황금알이 나오는 이유를 알아냈더라면 어땠을까요? 아마 할아버지는 물론이고 사람들도 제게 현명한 시도를 했다며 찬사를 쏟아냈겠죠."

"물론 이유를 알아냈다면 그보다 더 좋은 일이 어디에 있겠어. 하지만 어쨌든 지금은 귀한 거위만 죽었잖아."

"성공이든 실패든 시도를 해봐야 알 수 있지 않나요? 시도하지 않으면 어느 순간 찾아온 우연만을 쫓아다니며 사는 꼴이 되니까요."

"성공에 대한 확신이 있다면 그래야겠지. 하지만 실패할 가능성이 있으면 그냥 가만히 있어야 안전해. 실패로 인한 손실이나 위험을 피하는 게 지혜로운 행위니까. 그래서 대부분의 사람은 위험을 피하고 안전을 원하지. 그런데 너는 바보같이 사람들이 생각하는 상식과는 반대의 선택을 했잖아."

"할아버지! 모든 도전에는 손실이나 위험이 따르기 마련 아닌가요? 만약 안전만을 생각했다면 그동안 사람들은 어떤 도전도 하지 않았겠죠."

"그래도 성공에 대한 확신이 적으면 하지 말아야지."

"세상에 처음부터 성공 가능성이 큰 도전이 어디 있겠어요! 그렇다면 이미 도전이 아니죠. 도전이 도전인 이유는 가능성이 희박하지만 실패나 위험을 무릅쓰고 시도하는 데 있지 않나요? 우리 인간이 그동안 얻은 대부분의 발견이나 발명은 이렇게 당장의 손실이나 위험을 피하지 않고 과감하게 도전한 결과이고요. 성공은 오직 도전이 있을 때만 얻을 수 있는 선물이죠."

"후……. 도무지 말이 통하지 않는구먼."

농부가 상세하게 자신의 생각을 밝혔지만 노인은 여전히 납득이 되지 않는 눈치였다. 그저 젊은 사람의 치기 어리고 섣부른 행동으로 느껴지는 듯했다. 그리고 자신의 멍청한 생각과 행동에 대한 구차한 변명을 늘어놓는 것으로 들렸다. 더 이상 이야기를 해봐야 소용이 없겠다는 듯이 고개를 절레절레 흔들고는 사기 집으로 돌아갔다.

❖ 내가 농부였다면 황금알을 낳는 거위를 어떻게
  했을까요? 그 이유는 뭔가요?

❖ 원작이 주는 교훈을 거꾸로 읽기의 생각과 비교해
  본다면?

힘이 강하다고 다투는
바람과 해

《이솝 우화》 원작에서는...

바람과 해가 서로 힘이 더 세다고 다투었다. 둘은 길 가
는 사람의 옷을 벗기는 쪽이 이긴 것으로 하기로 정했다.
먼저 바람이 세찬 바람을 불어대기 시작했다. 사람
이 옷을 졸라맬수록 더 강한 바람으로 공격했다. 그럴
수록 사람은 더 옷을 껴입었다. 이번에는 해가 나섰다.
햇볕을 알맞게 비추자 사람은 껴입은 옷을 벗었다.
더 따가운 햇살을 쏘자 너위를 견디다 못해 마침내 옷
을 벗고 근처 강으로 뛰어들어 더위를 식혔다.

#힘겨루기
#선행_배틀
#진정한_강자란?

바람과 해가 서로 제힘이 더 세다고 다투었다. 특히 바람이 자신만만하게 자기 자랑을 늘어놓았다.

"난 말이야, 마음먹고 강한 바람을 불러일으키면 웬만한 물건을 날려 보낼 수 있어. 평소에 사람들이 안심하고 생활하는 집의 지붕을 무너뜨릴 수 있거든. 상당히 큰 나무라 해도 가지를 단번에 부러뜨리기도 해. 너는 이런 일들을 해봤어?"

"아니! 나는 지붕을 멀리 날려 보내거나 나뭇가지를 부러뜨리지는 못해."

해가 자기는 어렵다고 하자 바람은 더욱 의기양양해졌다. 벌써 힘겨루기에서 이기기라도 했다는 듯이 목소리에 잔뜩 힘이 들어갔다. 해는 바람의 거들먹거리는 모습이 마음에 들지 않았는지

인상을 찌푸리면서 한마디를 툭 던졌다.

"바람아! 네가 진짜 힘을 모르는구나. 너는 나무 몇 개를 부러뜨리는 정도밖에 못하지만 나는 아예 숲 전체를 사라지게 만들 수 있는 막강한 힘을 갖고 있거든."

"그동안 네 과장이 많이 심해졌구나. 숲을 사라지게 하다니 그런 일이 어떻게 가능하다는 말이야?"

"일 년 내내 계속 뜨거운 햇볕을 내리쬐면 숲을 이루던 나무들이 죽고 새로운 나무도 못 자라나. 아예 나무 한 그루나 풀 한 포기 제대로 자라지 못하는 황량한 사막으로 만들어버린 적도 꽤 있으니까."

"난 또 뭐라구! 그런 힘이라면 나도 얼마든지 갖고 있거든. 어마어마한 돌풍을 일으키면 아예 지역이나 도시를 거의 폐허로 만들어버릴 수 있으니까. 태풍으로 바닷물까지 움직여 해안을 덮치게 하면 대부분의 건물을 아예 못 쓰게 만들어버려."

바람과 해는 한 발짝도 물러서지 않고 힘을 증명하고자 했다. 서로 번갈아가며 자기가 자연에 얼마나 큰 충격을 줄 수 있는지를 알려주는 사례를 계속 들었다. 하나같이 무시무시한 힘이어서 그 피해를 상상하는 것만으로도 무서움에 떨 지경이었다. 아무리 시간이 지나도 바람과 해 가운데 누구의 힘이 더 센지를 판정 내리기는 어려웠다. 확실하게 한쪽의 손을 들어줄 만큼 힘의 차이가 분명하지 않았기 때문이었다.

서로 자기 자랑을 늘어놓다가 둘 다 지쳤다. 도저히 이대로는 판가름을 하기 어렵다고 느꼈을 즈음 해가 바람에게 제안을 했다.

"이렇게 사례를 늘어놓아서는 승부가 나지 않겠어. 무언가 같은 상대를 놓고 실제로 힘을 겨루는 시합을 해야만 결론이 날 듯해."

"좋은 생각이야. 나는 어떤 시합이든지 좋아. 네가 무엇을 상대로 어떤 힘을 겨루더라도 자신 있으니까 한번 말해 봐."

"사람을 상대로 시합을 하는 게 어때? 사람은 세상의 생명체 가운데 자기 힘이 가장 세다고 자신하니 말이야. 사람을 마음대로 움직일 수 있다면 너와 나 가운데 누가 힘이 더 센지 판가름을 할 수 있지 않겠어?"

"흠, 그럴듯하네. 아예 조금 더 구체적인 시합 방법까지 얘기해. 어떤 방식이든 좋으니 말이야."

"시합이 공정해야 하니 너와 내가 하나씩 방법을 제안하자구. 그리고 여기에서도 승부가 나지 않으면 대상이 되었던 사람에게 최종적으로 우리 둘 가운데 누구 힘이 더 강한지 판정을 내려달라고 요청하는 게 어때?"

"누구에게도 불리할 게 없을 듯하네. 좋아! 그러면 너부터 제안해 봐."

곰곰이 생각을 하다 해가 먼저 시합 방법을 설명했다.

"우리 둘 중에 누구든 길 가는 사람의 옷을 먼저 벗기는 쪽이 이긴 것으로 하자구."

아서 래컴Arthur Rackham 〈바람과 해〉 1912년

"좋을 대로 해."

해는 적당한 사람이 있는지 고개를 숙여 땅 쪽을 살폈다. 마침 한 나그네가 모자를 쓰고 걷고 있었다.

"바람아! 네가 먼저 옷을 벗겨 봐."

"집에서 지붕도 단번에 벗겨내는 내가 까짓것 사람 옷 벗기는 걸 못하겠어. 말 그대로 누워서 떡 먹기지. 어떻게 하는지 잘 보고나 있어!"

바람이 세차게 입김을 불기 시작했다. 길을 가던 나그네는 갑작스럽게 거센 바람이 불어대자 깜짝 놀랐다. 바람 한 점 없이 화창하던 날에 느닷없이 사람을 날려버릴 듯한 바람이 불어닥치니 말이다. 마른하늘에 날벼락이라더니, 이게 웬일인가 싶었다. 옷자락이 요란스런 소리를 내며 바람에 휘날렸다.

그런데 바람의 기대와 달리 나그네는 두 손으로 옷깃을 더욱 단단하게 붙잡았다. 바람이 옷 속을 파고들면서 추위가 심해졌기 때문이었다. 바람은 옷이 날아가도록 더욱 세찬 바람을 뿜어댔다. 하지만 그럴수록 나그네는 옷깃을 더 꼭꼭 여밀 뿐이었다. 사람이 공중으로 날아가지 않는 한도 내에서 바람의 강도를 계속 높였지만 사정은 변하지 않았다.

한동안 이 모습을 옆에서 지켜보고 있던 해가 한마디를 던졌다.

"그만하지 그래! 할 만큼 했으니 말이야."

바람이 머쓱해 하며 바람을 멈추고 한발 물러섰다. 대신 해가 앞으로 나섰다.

"이제 내 차례야. 진정한 힘이 무언지를 봐!"

해는 대지에 따뜻한 햇볕을 내렸다. 날씨가 포근해지자 나그네는 바람 때문에 여몄던 옷에서 손을 떼었다. 해가 조금 더 강한 햇볕을 보내자 포근함을 넘어서 조금씩 더워지기 시작했다. 옷깃을 풀어 헤치고 느긋하게 걷는 것만으로는 점차 더위를 피하기 어렵

존 테니얼John Tenniel 〈나그네와 해〉 1848년

게 됐다. 몸에서 땀이 나더니 옷이 축축하게 젖어들었다.

나그네는 껴입고 있던 두툼한 외투를 벗어 팔에 걸쳤다. 모자도 벗어 따가운 햇볕을 조금이라도 가리려 했다. 해는 마치 나그네의 행동을 예상했다는 듯이 빙긋 웃으며 조금 더 강한 햇볕을 퍼뜨렸다. 한여름보다 더한 더위가 순식간에 찾아왔다. 겉옷을 벗는 정도로 피할 수 있는 더위가 아니었다. 아예 땀이 줄줄 흘러내렸다.

얼마 지나지 않아 온몸이 땀으로 흠뻑 젖었다. 이제는 더 이상 견디지 못하겠는지 나그네는 눈에 보이는 근처 강가를 향해 내

려갔다. 겉옷만이 아니라 모든 옷을 훌훌 벗고는 강물로 풍덩 소리를 내며 뛰어들었다. 시원한 강물에 몸을 담그니 더위가 조금은 사라지는 느낌이 들었다.

해가 껄껄 소리를 내어 크게 웃으며 바람에게 으스댔다.

"자, 봤지? 패배를 인정하겠어?"

"이번에는 내가 깨끗하게 졌네. 하지만 완전히 진 것은 아니지. 네가 정한 시합에서 졌을 뿐이니 말이야."

"하긴, 힘을 겨루는 방식을 하나씩 정하기로 했으니. 그럼 이번에는 네가 어떻게 겨룰지 말해 봐!"

"안 그래도 생각해둔 게 있어!"

"뭔데?"

"저 사람을 누가 빨리 집으로 가게 만드는가를 놓고 승부를 내자구. 이번에는 네가 먼저 하고."

"그래! 약속대로 네가 정한 방식으로도 해야지."

해는 이번에도 승리를 확신하는 표정이었다. 입고 있던 옷도 벗기는데 집으로 빨리 보내는 일이야 식은 죽 먹기보다 쉽다고 생각하는 듯했다. 아까와 마찬가지로 뜨거운 햇볕을 내리쬐면 나그네가 더워서 밖에 있기가 싫을 테니 어쩔 수 없이 걸음을 재촉하여 집으로 돌아가리라 예상했다.

나그네는 강물에서 나온 후에 터벅터벅 걷고 있었다. 해는 아까보다 더 강한 햇볕을 보냈다. 강물로 더위를 식힌 덕분에 조금

거꾸로 보는 이솝 우화

괜찮아지는가 싶었는데 더 심한 더위가 몰아닥치자 어찌할 바를 몰라 했다. 금방 땀으로 옷이 다 젖었다. 땅에서 열기까지 올라와서 숨이 턱 막힐 지경이었다.

나그네가 생각하기에 이 정도로 심한 더위면 집으로 가봤자 푹푹 찌기는 마찬가지일 듯했다. 무엇보다도 길을 계속 걷다가는 더위 때문에 쓰러질 것만 같았다. 저녁이 되어 해가 기울어져야 더위가 조금은 누그러질 테니 어디서 더위를 피해야지 생각했다. 주위를 두리번거리니 마침 하늘을 가릴 듯 가지가 뻗어 나간 큰 나무가 보였다. 잎이 빽빽해서 아래로 꽤 짙은 그늘이 있었다. 나그네는 잘됐다 싶어서 그늘에 앉아 쉬면서 해가 산 너머로 기울어질 때까지 기다릴 작정으로 낮잠을 청했다.

결국 해의 시도는 실패로 끝났다. 이번에는 바람이 자신에 찬 모습으로 나섰다. 바람은 나무 아래서 쉬고 있는 나그네를 향해 찬바람을 불러일으켰다. 나그네는 해가 내리쬐다가 갑자기 바람이 불어대니 이게 무슨 일인가 싶었다. 다시 더워지겠지 하는 생각으로 벗어놓은 옷을 입는 정도로 대응했다.

하지만 점차 바람이 더 세게 불었다. 꽤 굵은 나뭇가지가 휘고 잎이 요란스러운 소리를 내다 떨어져 날아갈 만큼 강한 바람이 불어왔다. 옷을 껴입고 옷깃을 여미는 정도로 바람의 한기를 막을 수 없게 되자 도저히 안 되겠다는 생각에 자리에서 일어섰다. 얼른 집으로 가서 실내에 온기가 돌도록 따뜻하게 불을 피워야

벤체슬라우스 홀라르Wenceslaus Hollar 〈나그네와 해〉 1665년

벤체슬라우스 홀라르 〈나그네와 바람〉 1665년

겠다는 생각을 했다. 바람에 모자가 날아가지 않도록 꽉 붙잡고 나무를 떠나 집으로 향했다.

나그네를 집으로 먼저 보내는 시합은 바람의 승리로 끝났다. 바람이 기뻐하는 표정으로 으스대며 말했다.

"이제 졌다고 인정을 해야지?"

"그래! 자네가 이겼네."

"서로가 한 번씩 이겼으니 최종 승부를 내야지."

"당연하지. 애초에 약속한 대로 나그네에게 물어볼 차례야. 옷을 벗기는 시합과 집으로 가게 만드는 시합을 직접 겪은 당사자로서, 나그네가 최종적으로 우리 둘 가운데 누구 힘이 더 강한지 판정을 내려달라고 요청하자구."

바람은 집으로 가는 발길을 재촉하던 나그네에게 다가가 말을 걸었다. 처음에는 하늘에서 부르는 소리가 들려 깜짝 놀랐다. 하지만 바람에게 오늘 자신을 상대로 어떻게 누가 강한지 시합했던 과정에 대해 설명을 듣고 나서야 안심을 했다. 조금은 불만스러운 목소리로 대답을 했다.

"어쩐지 날씨가 정신없이 변덕을 부리더라. 기분이 썩 좋지는 않아. 너희들 시합 때문에 오늘 내가 생고생을 했잖아."

"미안! 그래도 아직 승부가 나지 않았으니 네가 판정을 내려주었으면 해. 아무래도 네가 직접 겪었으니 우리 둘 중에 누구 힘이 더 강한지 정확하게 결론을 내려줄 수 있을 테니 말이야."

"심판 역할이야 어렵지 않지. 그런데 그전에 할 말이 있어. 내가 보기에는 이 시합 자체가 문제가 있어."

"무슨 말이야? 힘을 겨루는 시합이 뭐가 어때서?"

"누가 잘하는지 겨루는 일이야 문제가 될 게 없지. 하지만 왜 꼭 다른 누군가를 상대로 더 강한 힘을 가졌는지를 가려야 해?"

"그러니까, 그게 왜 문제냐고?"

"너희들이 오늘 말로 겨루거나 나를 상대로 한 시합이 그렇잖아. 왜 남에게 해를 입히거나 강제하는 것을 강하다고 생각해? 하긴 너희만이 아니라 사람들 사이에서도 걸핏하면 경쟁하는 잘못된 방식이기는 해. 이런 식으로 힘을 겨루는 사고방식은 철저히 강자의 논리에 불과해!"

"원래 경쟁이란 게 다 그렇지 않아? 당연히 누가 더 센지를 가려야지."

"진정한 힘은 다른 사람을 자기 마음대로 움직이거나 해를 입히는 게 아니라, 누가 더 많은 도움을 줄 수 있는가 아니야? 진짜 힘은 남에게 주는 충격이 아니라, 누가 더 도움이 되는지 여부여야 하지 않냐구."

바람이 의아스러운 표정으로 나그네에게 다시 물었다.

"네가 말하는 게 뭔지 잘 모르겠어. 우리가 어떤 걸 겨루었어야 한다는 말인지 조금 더 자세하게 말해 줘."

"예를 들어 해와 바람 중에 누가 이 세상의 온갖 생명이 살아가고 번성하는 데 더 도움을 주는지에 대해 한번 얘기해 봐."

해가 먼저 자랑했다.

"단연 내가 최고지. 따뜻한 햇볕으로 곡식이나 과일이 익도록 도움을 주고, 생명체가 굶주리지 않게 하거든."

바람도 지지 않고 자신이 얼마나 큰 도움을 주는지 강조했다.

"흥! 나야말로 최고지. 구름을 움직이게 해서 골고루 비가 내리게 하니까 말이야. 비가 내리지 않으면 식물이든 동물이든 어떠한 생명도 유지될 수 없거든."

나그네가 또 다른 사례를 들었다.

"이번에는 누가 더 편안하게 살도록 도움을 주는지 겨뤄 봐."

마찬가지로 해가 먼저 말했다.

"여러 가지로 편안함을 주지. 나는 따뜻한 온기로 추위에서 벗어나게 해 줘. 또한 몸을 끈적끈적하게 만들어 불쾌한 느낌을 주는 습기에서 벗어나게 하고."

바람이 다시 나섰다.

"나야말로 더위에서 벗어나게 하는 데 가장 큰 도움을 줘. 강이나 바다의 습기에서 벗어나게 하는 데도 꼭 필요하고."

나그네가 금방 표정이 밝아져서 손뼉을 치며 말했다.

"그것 보라구! 너희가 힘을 과시하는 방식은 상대를 괴롭게 하지만 도움으로 겨루니 얼마나 좋아. 세상은 모두 서로가 서로에게 연결되어 있잖아. 그렇게 살아가는 세상에서 이게 진정한 힘

아니겠어?"

　바람과 해의 힘겨루기는 나그네를 상대로 한 시합만이 아니었
다. 이미 강한 바람으로 지붕을 날려버리거나 나무를 부러뜨리
는 위력, 뜨거운 열기로 숲을 황량한 사막으로 만들어버리는 위
력을 경쟁하듯이 자랑했었다. 경쟁이란 게 꼭 누군가에게 해를
입히거나 강제하는 것만은 아니라는 나그네의 말을 듣고 나니
좀 부끄러운 생각이 들었다. 도움을 주어서 서로에게 이익이 되
는 경쟁도 얼마든지 있으니 말이다.

　나그네는 바람과 해에게 마지막으로 한마디를 던지고 다시 길
을 떠났다.

　"너희들 말대로 누가 잘하는지 심판 역할을 해줄게. 하지만 오
늘처럼 나를 괴롭히는 방식 말고 행복하게 하거나 도움을 주는
시합을 정해서 와. 그러면 기꺼이 즐거운 마음으로 누가 더 진정
한 힘을 갖고 있는지 말해줄게."

❖역사나 현실에서 권위를 과시하려고 타인을
조종하거나 해를 끼친 사례로는 어떤 것이 있을까요?

❖현실에서 시도할 만한, 남을 돕는 일로 실력을 겨루는
'착한 경쟁'의 아이디어가 있나요?

❖원작이 주는 교훈을 거꾸로 읽기의 생각과 비교해
본다면?

나무와 갈대의
논쟁

《이솝 우화》 원작에서는...

갈대와 나무 사이에 시비가 붙었다. 나무가 갈대에게
온갖 바람에 너무 쉽게 굽힌다고 나무라자, 갈대는 아
무 말도 하지 않았다. 잠시 뒤 강한 바람이 불어오자
갈대는 굽히면서 쉽게 바람에서 벗어났다. 그러나 나
무는 바람에 맞서다가 그만 꺾이고 말았다. 강한 자에
게 맞서기보다는 굽히고 순응하는 자가 더 현명하다
는 교훈을 전한다.

어느 강 주변에 작은 늪이 있었다. 강둑으로 몇 그루의 나무가 늘어서 있었고, 늪에는 갈대가 무성하게 자라나 있었다. 워낙 가까이에서 늘 어우러져 살아가다 보니 이러저러한 이야기를 나누며 하루를 보낼 적이 많았다. 그러던 어느 날 갈대가 나무를 조롱하면서 입씨름이 벌어졌다.

"나무야, 너는 몸이 너무 크고 딱딱하기만 해서 문제가 많아."

"나는 멀쩡하게 잘 살아가고 있는데? 그리고 누구의 눈에도 내가 늠름하고 튼튼해 보일 텐데……."

"겉으로 보기에만 그럴듯하지, 실제로는 불안하고 전혀 실속이 없거든."

"무슨 말이야? 오히려 네 몸이 가늘어서 약한 바람만 불어도

퍼시 빌링허스트Percy Billinghurst 〈나무와 갈대〉 1899년

이리저리 흔들려서 불안한 거 아니야?"

"너야말로 바람이 조금만 불어도 가지에 달린 잎이 요란하게 흔들려서 온통 난리가 나잖아. 옆에 있는 내가 시끄러워서 정신이 없을 정도로 말이야."

"잎과 잔가지에서 나는 소리지. 두꺼운 줄기와 뿌리는 끄떡없거든."

"그러니까 네 생각이 모자란 거야. 바람이 약할 때는 너처럼 꼿꼿하게 허리를 펴고 있어도 상관이 없겠지. 하지만 강한 바람이 불면 전혀 사정이 달라. 바람이 불 때마다 바짝 몸을 굽힐 줄 알아야 살아가는 데 도움이 되거든. 너처럼 바람에 맞서 몸을 세우고 있다가는 언젠가 큰코다치게 될 거야."

갈대의 조롱이 그치지 않자 나무는 입을 닫았다.

다음 날 강한 태풍이 불어닥쳤다. 바람이 불자마자 갈대는 거의 바닥에 닿을 정도로 잽싸게 고개를 숙였다. 세찬 바람이 불어도 갈대는 흔들리고 굽히면서 쉽게 바람에서 벗어날 수 있었다. 몇몇 갈대의 잎들이 떨어져 나가 바람에 날아갔지만 뿌리가 뽑혀서 죽은 갈대는 거의 없었다.

늪 주변에 자라난 나무들도 잎이 달린 잔가지는 바람에 휘었다. 잎이 서로 부딪히는 소리가 점차 커졌다. 하지만 기둥 역할을 하며 나무를 지탱하는 큰 줄기는 움직일 리가 없었다. 시간이 지날수록 바람이 잦아들기는커녕 더 거세져만 갔다. 워낙 울창하

거꾸로 보는 이솝 우화

벤체슬라우스 홀라르 〈나무와 갈대〉 1665년

게 가지를 뻗고 많은 잎이 달려 있기 때문에 나무는 바람을 온몸으로 맞아야만 했다. 잔가지들이 더 이상 굽을 수 없을 만큼 휘어졌다. 나무들은 바람에 맞서 있는 힘을 다해 버텼다.

하지만 어느 순간 잎들이 떨어져 나가기 시작했다. 곧이어 여기저기에서 몇 개의 잔가지들이 우지끈 소리를 내며 부러져 맥없이 하늘로 날아가더니 들판에 떨어져 나뒹굴었다. 급기야 한 그루의 나무가 더 이상 강한 바람을 버티지 못하고 기둥 줄기가 점차 위태롭게 기울었다. 잠시 후에 결국 뿌리가 뽑히더니 늪을 뒤흔들 정도로 큰 소리를 내며 바닥에 쓰러지고 말았다.

나무들에게 큰 시련을 안겨준 태풍이 잦아들었다. 태풍이 지나간 후의 늪은 평화로웠던 평소의 광경과는 너무나 달랐다. 나무 한 그루가 뿌리가 뽑힌 채로 넘어졌고, 여기저기에 부러진 가지들이 널브러져 있었다.

무엇보다도 뿌리를 드러낸 채 쓰러진 나무가 늪을 가로지르고 있어서 처참한 광경이었다. 며칠 동안 늪은 우울한 분위기가 흘렀다. 날씨가 맑아지고 점차 늪도 과거와 같은 일상으로 돌아갔다. 개구리나 풀벌레 소리도 다시 들렸다. 말이나 소도 찾아와서 목마른 목을 축이고 돌아가곤 했다.

태풍이 할퀴고 간 상처에서 어느 정도 벗어났을 때 갈대가 나무에게 말했다.

"죽은 나무는 참 안됐어. 전에도 말했지만 너희가 바람에 굽힐

존 테니얼 〈나무와 갈대〉 1848년

줄 모르기 때문에 어쩔 수 없이 생긴 결과라고 봐야 해.”

　나무가 어이없어하는 표정으로 갈대에게 대답했다.

　“아직도 그 이야기니?”

　“중요한 문제니까 그렇지. 강한 바람이 불면 얼른 굽힐 줄 알아야 하거든. 다른 세상일도 마찬가지야.”

　“세상의 모든 일이 그러하다고?”

　“그렇지! 바람이 불면 가지를 굽히듯이, 강한 자에게 고개를 숙이고 몸을 굽힐 줄 알아야 해. 강한 자에게 맞서면 자기만 손해를 보게 되거든. 우리처럼 재빨리 고개를 숙이고 순응해야 자기 안전을 지킬 수 있어.”

"갈대야! 너는 하나만 알고 둘은 모르는구나."

"내가? 뭘 모르는데?"

"우리 나무들이 잎과 나무가 떨어져 나가더라도 꿋꿋이 바람에 맞섰기 때문에 너희 갈대도 더욱 안전할 수 있었다는 것을 말이야. 결국 한 그루의 나무가 쓰러지고 말았지만."

"무슨 엉뚱한 소리니? 너희가 우리에게 어떤 도움을 주었는데?"

"우리 나무들이 허리를 세우고 버틴 덕분에 늘 주변의 각종 생명이 태풍의 피해를 덜 받을 수 있었거든. 큰 나무들이 사방으로 뻗은 가지와 잎을 통해 온몸으로 바람을 막아주었기 때문에 주변의 곤충이나 풀들의 피해가 줄어든 거니까."

"정말 그래?"

"여기 늪만 그런 게 아니야. 바다를 접하고 있는 바닷가는 더 거센 태풍이나 해일이 상당히 자주 들이닥치거든. 바닷가 주변에 울창한 나무들이 있어야 거센 바닷바람을 상당 부분 막아주기 때문에 사람이나 동물들이 더 안전하게 살아갈 수 있어. 해안가에 나무가 없는 마을은 더 큰 피해를 보곤 하지. 그 과정에서 우리 나무들 가운데 가지가 부러지거나 뿌리가 뽑혀 쓰러지는 친구들도 있지만 모두를 위해 바람에 맞섰기 때문에 숭고한 희생이라고 생각해."

"자기 안전과 이익을 먼저 돌봐야 하는 거 아니야?"

"너처럼 강한 바람을 만날 때 곧바로 고개를 숙이면 자신의 안전을 지키기에는 유리하겠지. 하지만 나무가 없이 저 거센 바람을 너희 갈대를 비롯하여 늪의 생명체들이 고스란히 맞닥뜨렸다면 분명 위험이 높아졌을 게 분명해. 그러면 우리에게 고마워하든가 최소한 조롱은 하지 말아야 하는 거 아니야?"

"……."

"너는 세상의 모든 일도 마찬가지라고 했지?"

"그랬지!"

"네 말대로 강자의 폭력적인 힘에 순종하면 자기 안전에는 유리하겠지. 하지만 폭력은 사라지지 않고 계속될 거야. 그러면 결국 순종하는 자에게도 억압은 계속될 테고. 고개를 숙이지 않고 맞서야 그런 상태에서 벗어날 가능성이 생기잖아. 모두가 맞서면 제일 좋겠지만, 현실적으로 어렵다면 누군가는 그 역할을 해야 하는 게 아니겠어?"

"듣고 보니 너를 조롱했던 말이 좀 심했던 것 같네. 미안해!"

❖ 나의 삶에서 버티는 나무가 되어준 존재가 있었나요?
  혹은 스스로 나무처럼 버텨낸 때가 있나요?
  숙이는 갈대의 순간은 언제였나요?

❖ 원작이 주는 교훈을 거꾸로 읽기의 생각과 비교해
  본다면?

염소를 속여
우물에서 나온 여우

《이솝 우화》 원작에서는…

여우가 우물에 빠져 밖으로 나올 수 없었다. 마침 염소가 목이 말라 우물에 왔다. 여우는 꾀를 내어 물맛이 기가 막히게 좋으니 내려와서 마시라고 권했다. 염소는 여우의 말에 속아 경솔하게도 우물로 뛰어들었다. 염소가 물을 마신 후 여우는 쉽게 올라갈 방법을 말했다. "네가 앞발을 담벼락에 대고 두 뿔로 똑바로 세우는 거야. 그러면 그것을 딛고 올라가서 내가 너를 끌어 올려줄게." 염소가 기꺼이 그 제안에 따르자 여우는 수월하게 우물 밖으로 나오더니 서둘러 떠나려 했다. 약속을 어겼다고 염소가 나무라자 여우가 말했다. "네 지혜가 네 턱수염만큼만 많았더라면 너는 올라올 방법도 생각해보지 않고 다짜고짜 내려가지는 않았겠지." 꾀가 있으면 남을 속여서라도 위험에서 벗어날 수 있고, 부족하면 남에게 속아 화를 당한다는 내용이다.

거꾸로 읽기 시작!

#위기의 해법
#상생 #설득

여우가 목이 말라 우물에 들어갔다가 빠져나오지 못하는 곤란한 상황에 처했다. 처음에 내려갈 때는 금방 올라갈 수 있으리라 여겼다. 하지만 위에서 볼 때와는 달리 우물이 생각보다 깊었다. 올라가려 했지만 뜻대로 되지가 않았다. 몇 시간을 낑낑거리며 땅 위로 발을 디뎌보려 애를 썼지만 다시 우물 안으로 미끄러져 내려가곤 했다. 이러다가는 꼼짝없이 큰일을 당하지 않을까 걱정이 커져 갔다.

그러던 중 우물 위로 다른 동물이 다가오는 소리가 들렸다. 염소가 어디 목을 축일 수 있는 곳이 없을까 두리번거리다 우물이 보여 찾아오는 길이었다. 우물 위에 있는 염소와 아래에 있는 여우의 눈이 마주쳤다. 순간 여우에게 좋은 꾀가 떠올랐다. 우물에

거꾸로 보는 이솝 우화

존 테니얼 《여우와 염소》 1848년

빠져 당황한 기색을 숨기고 아주 맛있게 물을 마시는 시늉을 했다. 아무런 걱정이 없다는 듯 여유로운 표정을 보였다.

너무나 맛있게 물을 마시는 모습을 본 염소가 여우에게 물었다.

"여우야! 여기 물맛이 그렇게 좋니?"

"그럼! 아주 최고야. 내가 지금까지 살면서 이렇게 시원하고 맛있는 물을 마셔보기는 처음이야."

염소가 입맛을 다시자 여우는 더 신이 나서 물을 마셨다. 한껏 여유롭게 즐기는 듯하자 염소는 더 참지 못하고 말을 이었다.

"나도 같이 마셔도 되겠니?"

"그럼! 당연히 괜찮지. 어서 내려와서 마셔. 혼자 마시기에는 너무나 아까울 정도로 맛있는걸."

여우는 장황하게 물맛을 칭찬하며 염소가 내려올 자리를 비켜주기까지 했다. 여우의 연기가 워낙 기가 막혀서 염소는 아무런 의심도 하지 않았다. 얼른 물을 마시고 싶은 욕심에 거리낌 없이 우물로 풍덩 뛰어내렸다. 일단 내려가자마자 물을 벌컥벌컥 들이마셨다. 충분히 마시고 나서 고개를 들고 말했다.

"네 말처럼 그렇게 기가 막힌 맛은 아니네. 다른 물맛과 별반 다르지 않은걸. 뭐……, 하지만 갈증을 해결했으니 그것만으로도 만족해."

"입맛은 서로 다를 수 있으니 그럴 수 있지. 다 마셨으면 이제 올라갈까?"

여우는 우물 위로 올라가는 게 아무 일도 아니라는 듯이 말을 꺼냈다. 마치 처음부터 올라가는 게 아무 문제가 없었던 듯이 말이다.

"염소야! 그런데 조금은 더 쉽게 올라가는 게 좋지 않겠어?"
"어떻게?"
"우리 둘이 힘을 합치면 조금은 더 올라가기가 편해."
"그러니까 방법을 말해 봐."
"네가 나보다는 키가 크잖아. 그러니까 네가 앞발을 담벼락에 대고 뿔을 똑바로 세우는 거야. 그러면 내가 먼저 네 등과 뿔을 딛고 올라갈게. 그다음에 내가 너를 위로 끌어 올려주면 금방 끝

헨리 저스티스 포드Henry Justice Ford 〈여우와 염소〉 1888년

날 거야."

"좋은 생각이네. 알았어. 바로 시작하자구."

염소는 의심 없이 여우의 말을 믿는 듯했다. 여우가 올라가기 편하도록 우물 벽에 앞발을 올렸다. 여우는 조금의 망설임도 없이 등을 밟고 우물 위로 올라섰다. 안도의 한숨을 내쉬며 아직 우물 안에 있는 염소를 내려다보았다. 염소가 빙긋 웃으며 말했다.

"네 말대로 쉽게 올라갔네. 이제 내 차례야. 빨리 올려줘!"

"넌 정말 멍청하구나. 내가 왜 너를 도와야 하는데? 난 이제 갈 테니까 앞으로 너 혼자 잘해 봐."

"여우야! 그게 무슨 소리야? 널 도우면 다음에 날 꺼내주기로 약속했잖아."

"어떻게 남의 말을 그렇게 쉽게 믿니? 결국 네 머리가 나빠서 생긴 결과니까 너 스스로를 탓하라구."

염소는 당황한 표정으로 여우를 올려다보았다. 분명 여우가 농담을 하는 분위기가 전혀 아니었다. 장난스러운 얼굴도 아니고 미안해하는 표정도 아니었다. 오히려 염소를 멍청하다며 비웃고 있었다. 자신을 내려다보던 여우의 머리가 안 보이더니 우물을 떠나려는 발자국 소리가 들렸다. 염소는 다시 큰 소리로 여우를 불렀다.

"여우야! 여우야!"

워낙 다급하게 큰 소리로 불러대는 바람에 여우는 자신도 모르

아서 래컴 〈**염소**〉 1912년

게 문득 발걸음을 멈추었다. 고개만 살짝 돌린 채로 물었다.

"왜 그러는데? 그만 미련을 버려!"

"어려운 일도 아니잖아! 조금만 시간을 내서 끌어올려주면 되는데 말이야."

"그러니까 네가 생각이 없고 멍청하다는 거야!"

"무슨 말이야?"

"어떻게 너를 위에서 끌어올리겠니? 손을 뻗어 너를 잡고 올려야 되는데, 내 발로 어떻게 그럴 수 있냐구. 원숭이나 사람처럼 손을 자유롭게 사용할 수 있어야만 가능한 일이지. 그런 생각도 못하니 네가 멍청하다고 할 수밖에!"

"헐! 정말 그러네. 왜 바보같이 그런 생각도 못했을까……."

"이제 알겠어? 네가 얼마나 바보인지. 네 나쁜 머리를 탓하라니까."

"그래! 그런 생각을 못하다니, 내 생각이 짧았던 건 맞네. 하지만 나를 꺼내줄 다른 방법을 찾을 수는 있잖아."

"내가 왜 그래야 하는데?"

"너를 도와 우물에서 나가게 해줬잖아. 무엇보다도 남을 위험에 빠뜨리면서 자기 이익을 구하는 건 부끄럽고 나쁜 짓이니까. 나를 위험에 빠뜨린 채 떠나면 네 마음도 편하지는 않을 거 아니야?"

"네가 내 말대로 해준 덕분에 우물에서 나왔는데 내 마음이 편하기야 하겠어? 하지만 어쩌겠냐구. 이 바보야, 어차피 누구나 자기 이익을 찾으며 사는 거야."

"내가 너보다 꾀가 부족하긴 하지만, 그렇다고 해서 대부분 자기 이익을 구한다는 점을 모를 리야 있겠어? 지금 나를 돕는 게 네게도 이익이라는 말을 하는 거야."

"그게 왜 나의 이익인데?"

"자기 이익이란 게 꼭 남을 속이거나 위험에 빠뜨려서 얻을 수 있는 건 아니야. 오히려 서로 돕는 게 서로에게 더 큰 이익을 주는 경우가 많아."

"말이 어려워서 이해를 못 하겠네. 그 나쁜 머리로 무슨 수작을 부리려고 하는데?"

"수작이 아니야. 네가 오늘 우물에 빠졌던 것과 같은 위험이나

퍼시 빌링허스트 〈여우〉 1899년

곤란이 어디 오직 한 번만 일어나겠어? 살아가는 동안 예상치 못한 일들이 더 많이 일어날 수 있는 거 아니야?"

"물론 그렇기는 하지. 살아가면서 일어나는 일을 모두 예상할 수는 없는 노릇이니까. 오늘보다 더한 위기에 빠질 수도 있지."

"그런 일이 일어났을 때 오늘의 나처럼 모두 네게 속아주리라고 확신할 수는 없겠지?"

"그 말도 틀리지는 않아. 모든 동물이 너처럼 멍청한 건 아닐 테니 말이야."

"게다가 그런 일을 당했을 때 오늘 네가 나를 속이고 위험에 빠뜨린 짓이 다른 동물들에게 알려지면 어떻겠니? 누구 하나 널 도우려 할까? 또 속이고 도망갈 거라 생각할 텐데 말이야. 도와 달라고 하면 콧방귀를 뀌며 외면하지 않겠어?"

"그거야……."

"오히려 길게 보면 네게 이익은커녕 손해 아니야? 반대로 오늘 너도 나를 도왔다는 얘기를 듣게 되면 어떨까? 네가 어려움에 처했을 때 남도 도움을 줄 수 있지 않겠어? 어려움에 빠진 이들끼리 서로를 위험에 빠뜨리기보다는 도와야 힘이 돼. 결과적으로 서로에게 더 큰 이익을 주고 말이야."

여우가 잠시 말을 잇지 못했다. 가만히 제자리에 앉아서 생각에 잠기는 듯했다. 한동안 그렇게 있더니 염소에게 한마디를 툭 던졌다.

"거참! 묘하게 마음이 흔들리네."

"게다가 네가 다시 우물로 내려와 위험에 빠지라는 것도 아니고 목숨을 걸라는 것도 아니야. 그저 도울 수 있는 방법을 찾으라는 거잖아."

"아까 말했듯이 나는 원숭이가 아니어서 손을 뻗어 너를 끌어올릴 수 없는걸."

"너는 다른 어떤 동물보다 꾀가 많잖아. 네 꾀를 지금처럼 남을 속이는 게 아니라 돕는 쪽으로 조금만 사용해 봐. 그러면 방법이 있지 않겠어?"

"흠……. 돕는 쪽으로 꾀를 사용하라는 말이지……."

"응! 그러면 조금 전에 나를 속이고 위험에 빠뜨린 채 가려다 느낀 불편한 마음도 말끔하게 사라질 거야."

"알았어! 한번 꾀를 내볼게. 하지만 잠시만이야."

여우는 우물 주변을 두리번거리며 살폈다. 직접 손을 내밀어 끌어올릴 수 없으니 다른 방법이 필요했다. 가만히 생각하니 자신이 염소의 등을 타고 우물에서 올라왔듯이 무언가 발로 디딜 수 있는 게 필요하지 싶었다.

여기저기를 살피는데 부러져 널브러져 있는 나뭇가지가 여러 개 보였다. 너무 가늘어서 쓸모가 없거나 너무 커서 옮길 수 없는 것을 빼고 적당한 크기의 가지를 찾았다. 마침 그럭저럭 쓸 만한 가지가 몇 개 눈에 들어왔다. 입으로 물어 낑낑대며 우물로 옮긴

후에 여우에게 말했다.

"내가 적당한 나뭇가지를 내릴게. 내가 아까 네 등을 딛고 올라왔던 거 기억하지? 너도 그렇게 올라오라구."

여우는 우물 벽에 기대어지도록 나뭇가지를 조심스럽게 밀어내렸다. 세 개 정도를 내려 나란히 놓으니 염소가 발판으로 사용할 만한 넓이가 된 듯싶었다.

"염소야! 이제 올라와 봐."

염소는 조심스럽게 고개를 끄덕이고 앞발을 가지에 내디뎠다. 약간 출렁거리기는 하지만 어떻게 해 볼 수 있을 정도는 되었다. 다행히 우물이 아주 깊은 편은 아니어서 한두 번 발을 딛고 빠져나올 수 있었다. 염소는 안도의 한숨을 내쉬며 말했다.

"그것 봐! 네 꾀를 사용하니 방법이 나오잖아."

"그러게 말이야."

"남을 돕고 나니 네 마음이 이제 편해졌지?"

"신기하게 불편함이 사라졌어."

"다른 동물들에게도 네가 도움을 준 얘기를 할게. 그러면 앞으로 네가 어떤 일을 당했을 때 도우려는 동물들이 있을 거야."

"……"

여우와 염소는 모두 홀가분한 마음이 되어 우물을 떠났다.

거꾸로 보는 이솝 우화

❖ 우물에 빠진 위기에서 다른 동물을 속이는 것 외에
  더 나은 탈출법은 없을까요?

❖ 여우의 마음을 돌이킨 것은 진정성 있는 설득과
  논리의 힘이었죠. 어떻게 이 능력을 기를 수
  있을까요?

❖ 원작이 주는 교훈을 거꾸로 읽기의 생각과 비교해
  본다면?

생의 기쁨과
슬픔

일과 삶을 헤아리는 지혜

노래하는 베짱이와
일하는 개미

《이솝 우화》 원작에서는…

겨울에 굶주린 매미가 개미들을 찾아와 먹을거리를
달라고 간청했다. 개미들은 매미에게 여름에 먹을 것
을 모았어야지 왜 그러지 않았냐며 물었다. 매미는 여
름에는 노래하느라고 그럴 겨를이 없었다고 했다. 개
미들은 여름에는 피리를 불었으니 겨울에는 춤이나
주라며 비웃었나. 평소에 나중을 위해 열심히 일을 하
지 않으면 화를 당하게 된다는 교훈을 전한다.

#가치관 #YOLO
#지금의_행복을_놓치지_마

땡볕이 내리쬐는 여름의 한낮이었다. 들판은 가만히 서 있기도
힘들 정도로 무더웠다. 워낙 덥고 햇볕도 강렬해서 숲속의 동물
들이 그늘에서 더위를 식히고 있었다. 몸집이 큰 동물들은 굴속
에 누워서 나올 생각을 안 하고, 작은 동물들은 시원한 나무 그늘
에 앉아 쉬고 있었다. 곤충들은 풀이 무성하게 자라나서 하늘을
가린 곳을 찾았다. 대부분의 동물이 햇볕을 피해 쉬고 있어서 들
판은 한적했다.

저마다 편한 자세로 그늘에 있던 동물들이 귀를 쫑긋 세우고
아까부터 들리는 노랫소리에 귀를 맡겼다. 산들바람에 나뭇잎이
나 풀잎이 스치는 소리 사이를 뚫고 흥겨운 가락이 퍼져 나왔다.
베짱이가 길쭉한 풀에 기대앉은 채 부르는 노래였다. 흥겨운 듯

박자에 맞춰 발을 까닥이거나 몸을 흔들거리는 모습도 보였다. 매일 낮 시간이면 쉬지 않고 불러대지만, 즐기는 마음이어서인지 그다지 지친 기색이 보이지는 않았다. 동물들은 숲으로 퍼지는 노래에 귀를 기울이며 여유로운 시간을 보내는 중이었다.

한참을 스스로의 감정에 도취되어 있던 베짱이가 무언가를 보더니 노래를 멈췄다. 개미들이 열을 맞춰 앞을 지나가는 모습 때문이었다. 자기 몸집보다 수십 배는 더 커 보이는 먹이를 여러 마리가 둘러메고 옮기고 있었다. 어지간히 무거운지 땀을 뻘뻘 흘리며 발걸음을 옮겼다. 베짱이가 신기한 듯 바라보다가 말을 건넸다.

"이봐! 이 더운 날에 뭐하는 거야?"

개미들이 흘낏 바라보더니 한마디 던졌다.

"보면 모르니? 일하는 중이지. 무거운 걸 들고 가기도 힘드니까 귀찮게 하지 말고 노래나 계속 부르지 그래."

"누가 일하는 중인 걸 모르겠어? 하필이면 이 더운 날에 사서 고생을 하고 있으니 하는 말이지. 무더운 여름에는 쉬고 놀면서 지내는 것도 좋아. 너희들도 시원한 나무 그늘에 앉아 쉬다 가도록해. 흥겨운 내 노래도 들으면서 말이야."

개미들이 어처구니없어하는 표정으로 베짱이를 바라봤다. 대열을 이끌던 개미가 잠시 일손을 내려놓고 퉁명스럽게 대답했다.

"참 한가한 소리를 하는구나. 너야말로 왜 그렇게 사니? 여름

제이 제이 그랑빌 J.J. Grandville 〈베짱이〉 1837년

이라고 해서 허구한 날 노래 부르며 놀다간 나중에 큰 고생을 할 걸."

"너희는 무엇을 위해 그토록 열심히 일을 하는데?"

"당연히 미래를 대비하기 위해서지!"

"미래? 이렇게 매일 죽어라고 일하면 미래에 뭐가 생기는데?"

"정말 몰라서 묻는 거니? 당연히 행복이 생기지. 더 행복한 내일은 오늘 근면하고 성실하게 준비하는 자들에게만 보장되거든."

"무슨 말을 그렇게 어렵게 하니? 네가 행복이라고 말하는 게 도대체 뭔데 그래?"

"그야, 편안하게 즐기면서 사는 나날이지 뭐겠어."

"갈수록 더 이해하기가 어렵네. 편안함과 즐거움이라면, 바로 지금 내가 누리고 있는 거잖아. 더운 날 그늘에 기대앉아 노래 부르고 낮잠도 즐기는 만큼 행복한 시간이 어디 또 있겠느냐 말이야. 행복이 목표라면 왜 지금 누리지 않고 매일 힘든 나날을 보내니?"

개미들은 하나같이 어안이 벙벙한 표정이었다. 뭐 이렇게 대책 없이 사는 자가 다 있느냐 하는 눈빛이었다. 더 이상 길게 얘기를 해봤자 이해시킬 수 있는 상대도 아니고, 시간 낭비일 뿐이라고 생각한 듯했다. 대열을 이끄는 개미가 고개를 절레절레 흔들더니 일행에게 다시 짐을 들고 길을 떠나자고 소리쳤다. 대신 고개를 돌려 마지막 충고를 했다.

"이봐, 베짱이! 너는 마치 내일은 없고 오늘만 살려는 듯해. 하지만 우리는 오늘이 아니라 내일을 향해 살아야 하지. 삶에는 수많은 어려움이 찾아오기 마련이거든. 항상 미래에 대한 만반의 준비를 해야 돼. 오늘 놀고 즐긴 결과로 내일 후회하는 날이 분명하게 올 거야."

베짱이는 그렇게 여름 내내 노래를 즐기며 보냈다. 봄과 여름, 그리고 가을에는 자연이 제공하는 풍요로움이 있기에 오랜 시간 일을 할 필요가 없었다. 약간의 노력만으로도 그날 먹을 만큼의 먹이는 충분히 얻을 수 있기 때문이었다. 나머지 시간은 한가하게 낮잠을 즐기거나 노래를 부르며 지냈다. 그래도 시간이 남으면 다른 곤충들과 수다를 떨면서 매일을 흥겨운 기분으로 살았다.

그사이에 개미들은 쉬지 않고 일을 했다. 아침부터 해가 질 때까지 들판에 나가서 먹이를 찾아 집으로 날랐다. 대부분 자기들보다 훨씬 커서 옮기는 데 애를 먹었다. 늘 그날 먹을 양 이상을 실어 날랐기 때문에 창고에 먹이를 충분히 쌓아놓을 수 있었다. 비가 내리는 날이면 밖으로 나가기 어려웠지만 그렇다고 해서 여유롭게 쉬지도 않았다. 집이나 창고를 고치는 일로 시간을 보냈다.

어느새 계절이 바뀌어 찬바람이 부는 겨울이 찾아왔다. 개미가 한참 집안일을 하고 있던 중인데 밖에서 이상한 소리가 들렸다.

무슨 일인가 싶어 문을 열고 밖으로 나서니 길에서 베짱이가 노래를 하고 있었다. 여름에 비해 부쩍 야윈 모습이긴 했지만 노래에 열중하는 모습은 변함이 없었다. 평소에 탐탁지 않게 여기던 상대이긴 했지만 길거리에서 노래를 하게 된 사정이 궁금해서 다가가 말을 붙였다.

"추운 날 왜 밖에서 노래를 부르는 거니?"

"겨울이면 먹이를 구하기 어려워서 그렇지 뭐. 이렇게 거리에서 공연을 하면 가던 길을 멈추고 노래를 듣다가 조금씩 먹을 만한 걸 내려놓거든."

"거리 공연으로 얻은 먹이로는 지내기가 어려울 텐데……."

"허기진 배를 채우기에 부족하기는 하지만 그럭저럭 먹으며 살지."

개미는 봄부터 가을까지 노동보다는 노래를 즐기며 살던 베짱이가 겨울에 고생을 하는 게 한편으로는 고소한 마음도 들었다. 한여름에 자기들이 땀을 뻘뻘 흘리며 일할 때 베짱이가 좀 쉬지 않고 왜 고생을 사서 하냐며 충고하던 기억이 새록새록 떠올랐기 때문이다. 다른 한편으로는 평소에 근면 성실하게 일해서 겨울을 걱정 없이 지내고 있는 자신들이 뿌듯하기도 했다. 개미는 베짱이가 한심해 보여서 혀를 끌끌 차며 다시 물었다.

"겨울 내내 먹을 게 부족해?"

"여름에는 더위를 피해 그늘에서 노래하고, 가을에는 자연의 풍

제이 제이 그랑빌 〈베짱이와 개미〉 1837년

성한 결실을 즐기면서 놀았잖아. 아무래도 겨울은 어려울 때지."

"겨울에 먹이가 부족할 게 뻔한데, 너도 여름날에 우리처럼 열심히 일해서 먹을 것을 모았어야지 왜 그러지 않았니?"

"봄에는 만물이 깨어나는 기운을 즐기고, 여름에는 더위를 피해 여가를 즐기고, 가을에는 자연의 풍성함을 즐겼잖아. 그렇게 매일을 즐기며 살았으니까."

"그러게 우리가 여름에 충고했잖아. 어려움을 대비하기 위해 오늘이 아니라 내일을 향해 살아야 한다고 말이야. 예전에 꼭 너처럼 세월이 좋을 때 게으름을 피우며 놀다가 나중에 크게 고생하는 쇠똥구리를 본 적이 있어. 우리가 여름내 들판을 돌아다니며 일을 하고 있으면 옆에 누워서 빈둥거리곤 했지. 왜 일을 안 하느냐고 물으니, 소 떼가 매일 물가를 찾아와서 목을 축였기에 여기저기 똥이 지천으로 널려 있어서 걱정 없다고 하더군. 하지만 며칠 동안 소나기가 내려 쇠똥이 비에 사라지자 한동안 배고픔에 시달려야 했지. 베짱이 너도 마찬가지야. 오늘이 좋다고 해서 내일도 좋다는 보장이 어디 있어? 매일을 탕진하듯이 살아가는 네게 이렇게 후회하는 날이 반드시 오게 되리라 예상했거든. 쯧쯧……. 여름에 부지런히 일을 해서 모아두었어야 지금처럼 겨울이 와도 먹을거리가 떨어지지 않아 후회하지 않고 편하게 보낼 수 있지 않았겠어?"

개미가 비웃는 말투로 예전의 충고를 상기시켰다. 겨울이 찾아와 고생하고 있는 베짱이의 후회하는 모습이 보고 싶었는지도 모르겠다. 하지만 기대와는 달리 베짱이가 생뚱맞다는 듯한 표정으로 개미를 바라봤다. 고개를 갸우뚱하며 반문했다.

"후회? 내가 언제 후회한다고 말했나?"

"거리 공연을 하며 그날의 끼니를 잇고 있으면서 후회가 안 돼? 날씨가 좋을 때는 노래와 춤으로 허송세월하다가 지금 어려운 꼴을 당하고 있으면서?"

"네가 하루에 다섯 끼나 여섯 끼를 먹을 것도 아니잖아. 물론 더 맛난 음식을 푸짐하게 먹을 수는 있겠지. 또한 네 몸을 더 화려하게 꾸밀 수 있겠고. 하지만 이를 위해서 평생을 거의 일만 하면서 보내야 하잖아. 비록 겨울에 먹을 게 부족하고 행색이 초라해보여도 매일을 즐기며 사는 내가 더 삶에 충실한 게 아닌가? 내 삶에 대해 후회하기는커녕 오히려 여전히 네가 딱한 걸!"

"뭔 소리래? 배가 고프더니 정신이 이상해졌나보구나. 지금 누가 봐도 초라하고 야윈 행색을 한 네가 불쌍하지 내가 딱하다고 하겠니?"

개미가 펄쩍 뛰며 항변하듯 말했다. 평소에 근면한 노동과는 거리가 멀게 살았던 삶에 대해 과오를 인정하든가, 아니면 백보 양보해서 최소한 후회의 눈빛이 비치는 정도는 기대했는데, 베짱이가 오히려 자신에게 딱하다고 하니 순식간에 기분이 상했다. 겨울에 거리 공연으로 생계를 이어가는 베짱이를 보면서 입가에 짓고 있던 득의만만한 미소도 사라졌다. 베짱이는 여전히 딱하다는 표정으로 개미에게 물었다.

"그래? 그럼 몇 마디 물어볼게. 너는 지금 무얼 하다가 나왔니?"

"그야 집안일을 하던 중이었지."

"창고에 겨울을 지낼 식량을 쌓아두고도 또 무슨 일을 해?"

"일이야 늘 있지. 집이라는 게 늘 이것저것 수리할 것도 있고, 또 내년의 일을 위해서 미리 준비해야 하는 것도 있고."

"그러면 일 년 내내 일만 하는 거잖아! 내년에는 쉬면서 놀 수 있어?"

"내년에는 또 내년의 일을 해야지! 보다 나은 내일을 위해 어쩔 수 없이 치러야 하는 오늘의 희생이라고 생각해야 하지 않겠어? 지금의 어려움을 견디지 않고 어떻게 더 나아질 수 있겠냐고!"

"내일의 행복을 위해서 오늘의 고생을 계속 견디라고? 봄부터 가을까지가 일 년의 대부분을 차지하잖아. 겨울 한 철을 좀 더 편하자고 나머지 세 계절을 희생하라고? 이런 바보 같은 짓이 또 어디에 있겠어. 결국 계속 일을 중심으로 살아간다는 얘기잖아. 그러면 너희가 그토록 강조하는 내일의 행복은 도대체 언제 오는데?"

"나중에 늙어서 일하기 힘들어지면 좀 더 편하게 놀면서 살 수 있지. 누구나 생각하는 당연한 결과를 묻는 네가 참으로 한심해 보이지 않아?"

"노년을 위해 생의 대부분을 차지하는 기간을 희생하라고? 늙으면 일하기만 힘들어지나? 놀기도 힘들어지는 거 아니야? 목청껏 노래 부르거나 온몸을 흔들며 춤을 추기 위해서도 몸이 팔팔해야 하잖아. 또한 여기저기 먼 곳으로 여행을 다니려고 해도 팔과 다리가 튼튼해야 하고. 건강한 정신과 몸은 일을 위해서만 필요한 게 아니야. 삶을 충분히 즐기기 위해 노는 데도 마찬가지로 중요해. 그런데 젊음을 지닌 인생 대부분의 기간을 너희 자신도 그토록 지겨워하는 일로 보내고, 늙어서 일도 못할 뿐 아니라 제대로 놀지도 못하는 몸 상태가 되어 여생을 살다가 세상을 떠나라고? 사정이 이러하니 너희 개미들의 삶이야말로 참으로 딱한 일이지."

베짱이가 쏟아내는 말에 개미는 얼굴이 붉으락푸르락해졌다. 더 이상 얘기를 이어가봐야 소용이 없겠다 싶었는지 말문을 닫았다. 곧이어 잔뜩 화가 난 표정으로 문을 쾅 닫고 집으로 들어가버렸다. 아무 일도 없었다는 듯이 다시 일상의 노동으로 돌아갔다. 베짱이는 어깨를 한 번 으쓱하고는 거리의 한구석에 자리를 잡고 다시 노래를 부르기 시작했다.

❖ 베짱이의 생각은 지금의 행복에 충실하자는 욜로(You Only Live Once)와 닮아 보입니다. 물론 개미처럼 나중을 위해 지금을 참고 희생하겠다는 선택을 할 수도 있습니다. 어떤 생각이 나와 더 가깝나요?

❖ 원작이 주는 교훈을 거꾸로 읽기의 생각과 비교해 본다면?

토끼와 거북이의
달리기 경주

《이솝 우화》원작에서는...

토끼와 거북이가 서로 자신이 빠르다고 다투다 경주
를 하기로 했다. 토끼는 자신의 속력을 믿고 도중에
길가에 누워 잠을 잤다. 거북이는 쉬지 않고 기었고,
자고 있던 토끼를 앞질러 경주에서 이겼다. 재능에 자
만하지 말고 근면 성실하게 살라는 교훈이다.

동물들이 모여 잡담을 나누다 누가 더 빠른가를 놓고 논쟁이 붙었다. 저마다 자기가 빠르다는 자랑을 늘어놓았다. 말은 근육으로 다져진 긴 다리를 뽐내며 우쭐거렸다. 사슴은 순발력으로는 자신을 따를 자가 없다며 제자리에서 껑충거렸다. 치타는 순식간에 먹이를 잡아채는 사냥 능력을 모두 잘 알지 않느냐며 어깨에 잔뜩 힘을 주었다. 그런데 구석에 있던 거북이가 고개를 쑥 내밀며 한마디 던졌다.

"나도 빠른 거라면 자신이 있는데!"

무슨 말인가 싶어 잠시 침묵이 흐르더니 급기야 여기저기에서 웃음이 터져 나왔다. 자리에 있던 모든 동물이 배를 잡고 웃느라 정신이 없었다. 거북이만 영문을 모르겠다는 듯이 눈을 동그랗

리처드 헤이웨이 〈**거북이**〉 1894년

게 뜨고 두리번거렸다. 눈물을 흘릴 정도로 한참 웃던 동물들이 겨우 진정하고 거북이에게 물었다.

"거북아, 너는 도대체 뭘 믿고 그렇게 자신한다니?"

"소싯적에 거북이 운동경기에서 우승한 적이 있거든. 아무도 나를 따라오지 못할 정도로 빨랐지."

다시 한바탕 웃음이 휩쓸고 지나갔다. 특히 토끼의 웃음소리가 두드러지게 컸다. 민망하게 느껴질 정도로 바닥을 데굴데굴 구르면서 웃음을 터뜨렸다. 다른 동물들의 웃음이 잦아든 이후에도 토끼는 그칠 줄 몰랐다. 몇몇 동물이 툭툭 치며 눈치를 주고 나서야 겨우 멈추고서는 조롱이 가득한 말을 뱉었다.

"얘, 거북아! 나랑 시합하면 아마 시작하자마자 곧바로 졌다고 두 손 들고 포기할 거야. 아예 상대가 안 될 테니 말이야. 도대체 말이 되는 소리를 해야지!"

워낙 노골석으로 비웃고 조롱하는 바람에 거북이는 자존심이 있는 대로 상했다. 잠시 째려보다가 토끼에게 도전장을 내밀었다.

"다른 동물은 몰라도 까불어대는 토끼만큼은 확실히 이길 수 있지. 두렵지 않으면 나랑 한번 경주를 해보든가!"

"얼마든지! 만약 네게 지면 성을 갈든가 할게! 하늘이 두 쪽 나도 그럴 일은 전혀 없겠지만 말이야."

그렇게 해서 토끼와 거북이의 경주가 열리게 됐다. 친척 관계인 자라가 걱정스러운 눈빛으로 거북이에게 슬쩍 다가와 귓속말을 했다.

"거북아, 어쩌려고 그래? 누가 봐도 네가 토끼를 이기기 어려울 텐데 말이야. 그렇게 장담을 했으니 지고 나면 두고두고 놀림거리가 될 게 뻔해."

"걱정하지 마! 토끼는 평소에 잠이 많아서, 뛰어놀다가도 꾸벅꾸벅 졸곤 하잖아. 지금 자만심에 가득 차 있기 때문에 앞서 달리다가 십중팔구 앉아서 졸곤 할 거야. 그사이에 내가 앞서가면 승산이 있어."

"참으로 안이한 생각을 하고 있구나. 전적으로 요행만을 바라는 거잖아. 상대방이 크게 실수하기만 바라니까 말이야. 모든 동

장 바티스트 오드리Jean-Baptiste Oudry 〈토끼〉 1750년경

물의 관심이 집중되어 있고, 토끼도 자존심이 걸린 경기여서 나름대로 주의를 할 거라고. 토끼가 졸지 않고 실력을 발휘하면 어떻게 할 건데? 토끼가 너에 비해 월등히 빠르다는 사실은 세상이 다 알잖아. 워낙 뒷다리 힘이 좋아서 껑충 뛰면 몇 발자국 만에 한참 앞서나갈 게 불을 보듯 훤하거든. 네 생각은 감나무 밑에 누워서 맛있게 잘 익은 감이 자기 입으로 떨어지기를 바라는 행위만큼이나 어리석은 짓이야."

"그거야……. 그렇게 되면 문제긴 하지. 내가 공연히 장담을 했나? 그런데 이미 경주를 하기로 약속이 되어 있는데 물릴 수 없는 노릇이잖아."

거북이와 자라가 소곤거리며 귓속말을 나누는 동안 동물들 사이에 시끄러운 언쟁이 오가는 중이었다. 막상 시합을 하기로 결정하자마자 전혀 예상치 못한 뜨거운 논란이 벌어진 것이었다. 누가 빠른가를 겨루는 시합은 분명한데, 무엇을 빠름의 기준으로 해야 하느냐를 둘러싼 언쟁이 이어졌다. 먼저 당나귀가 나서서 열변을 토했다.

"얘들아! 나는 저기 보이는 나무나 산까지 빠르게 달리는 경기를 한다면 말이나 치타에게 이길 수 없어. 하지만 한두 달을 걸어야 할 정도로 먼 거리를 빠르게 가는 경기라면 사정이 전혀 달라지거든. 심지어 등에 많은 짐을 지고 달려야 한다면 더욱더 경쟁할 자가 없을 테고 말이야."

거꾸로 보는 이솝 우화

당나귀의 말을 곰곰이 듣고 있던 제비가 거들었다.

"맞는 말이야. 아까 말이나 치타의 자랑을 들으면서 잠자코 있었던 데는 다 이유가 있어. 나는 사실 저기 멀리 보이는 산까지 누가 빨리 가느냐를 겨룬다면 자랑을 늘어놓던 말이나 치타보다 훨씬 먼저 도착할 수 있어. 방금 당나귀가 말한 아주 먼 거리도 내가 먼저 도착해서 한참을 기다리고 있어야 할 테고 말이야. 바람을 가르듯이 재빠르게 창공을 날아다니는 내 모습은 너희들도 항상 봐왔잖아. 하지만 발로 뛰어서 가라고 하면 다리가 없이 기어 다니는 뱀보다도 늦을 수 있을걸."

뒤편에서 당나귀와 제비의 말을 듣고 있던 말과 치타도 일리가 있다며 고개를 끄덕였다. 당나귀보다 먼 거리를 가기 어렵고, 하늘을 나는 새보다 빨리 도착할 수는 없는 노릇이니 말이다. 원숭이가 제비의 말에 동의하며 뒤이어 말을 했다.

"그러네. 우리 동물은 서로 다른 조건에서 살아가기에 빠른 방법이 저마다 다를 수밖에 없어. 나만 해도 특정한 방법으로는 다른 누구보다도 빠른걸. 땅에 발을 딛지 않고, 날지도 않으면서 나무와 나무를 오가며 이동하는 것으로는 이 세상에 우리를 이길 동물이 없을 테니까 말이야."

마찬가지로 여러 동물이 나무를 타는 방법으로는 원숭이를 따돌리기 어렵다며 고개를 끄덕였다. 이번에는 그동안 한마디도 하지 않고 있던 땅강아지도 논란에 뛰어들었다. 빠르기와 아무런 관련이 없어 보이는 곤충조차 나서자 모든 동물이 의아한 표정으로 바라보았다. 무슨 엉뚱한 얘기를 하려는가 하는 눈초리였지만 땅강아지는 신경 쓰지 않고 큰 소리로 말했다.

"내 생각도 제비나 원숭이와 같아. 아마 너희들은 내가 빠르기는커녕 느리게 움직이는 걸로 몇 손가락 안에 든다고 생각할 거야. 하지만 누가 가장 빠르게 땅속을 파고 들어가는가를 놓고 경쟁하면 나를 따를 자가 없어. 우리의 손은 신속하게 땅을 파기에 적합하도록 만들어져 있으니까. 그렇기 때문에 무작정 빠름의 기준을 하나로만 정해놓고 경기를 하는 것은 너무나 부당하다고 생각해!"

눈을 껌뻑거리면서 악어가 한가운데로 느릿느릿 걸어 나왔다. 모여 있는 동물들을 먼저 불만스러운 눈초리로 한번 쭉 훑어보았다. 이어서 몇 번 헛기침을 하며 목소리를 가다듬더니 걸음만큼이나 느린 말투와 나지막한 목소리로 말문을 열었다.

"빠르기와 관련해서 가장 억울한 처지에 있는 동물은 바로 우리들이야. 나와 같이 물과 땅을 오가며 사는 거북이나 개구리 등을 대부분 느리다고 생각하잖아. 세상에서 흔히 느림보의 대명사로 통할 정도니까 말이야. 느려 보이는 거북이도 물속에서 얼마나 유연하고 빠르게 움직이는지 너희들은 잘 모를걸."

이후로도 저마다의 특성을 강조하며 하나의 기준으로 빠르기를 경쟁하는 방법이 부당하다는 의견이 이어졌다. 경쟁에서 수

거꾸로 보는 이솝 우화

단과 방법을 가리지 않고 무조건 이기는 것보다는 경쟁의 공정한 과정을 마련하는 것이 더 중요하다는 결론에 이르렀다. 그래야 어떠한 결과가 나오든 누구라도 인정할 테니 말이다.

일파만파 논란이 퍼지고 결국 공정한 경쟁 조건으로 동물들의 생각이 모아지자 토끼가 가장 당황스러워했다. 처음에 거북이와의 경기가 결정된 직후에는 마치 벌써 이기기라도 한 듯이 의기양양했었다. 당연히 발로 땅을 딛고 달리는 육상경기만 생각했으니 말이다. 설사 자기가 뒤로 걸어도 느려터진 거북이 정도는 거뜬하게 이길 수 있다고 자신하던 터였다.

그런데 논란이 확대되면서 갑자기 사정이 달라졌다. 빠른 거 하나는 누구보다 자신 있다며 큰소리를 치던 말이나 치타조차도 수긍을 하는 마당에 더 이상 육상경기 방식만을 고집하기가 어려워졌기 때문이다. 토끼도 자기에게 유리한 방식만 주장하다가는 동물들 사이에서 욕을 먹고 고립되기 십상이라는 점을 잘 알았다. 다른 동물들이 합의해서 정한 경기방식을 받아들이는 수밖에 없었다. 거북이 역시 토끼가 달리다가 잠드는 요행만을 바랄 수는 없는 노릇이어서 정해지는 방식에 따르겠다고 동의했다.

동물들의 회의 결과 공정한 경쟁 절차로서의 경기규칙이 결정되었다. 반환점을 돌아 출발했던 곳으로 돌아오는 방식이라는 점은 동일했다. 하지만 토끼와 거북이의 서로 다른 조건을 고려해서 두 가지 방식을 섞었다. 반환점까지는 땅으로 달리고, 다시

에드윈 노블Edwin Noble 〈토끼와 거북이〉 1910년

결승선까지는 물에서 헤엄쳐서 오기로 했다. 이를 위해 강을 끼고 길이 이어지는 곳으로 경기 장소를 정했다.

드디어 경기가 시작되었다. 애초에 느긋하게 생각하고 있던 토끼도 새로운 경기방식에 긴장할 수밖에 없었다. 출발 신호가 울리자마자 전력을 다해 뛰어나갔다. 길고 튼튼한 뒷다리를 이용해 땅을 박차고 뛰어오르자 한걸음에 벌써 거북이와 격차가 벌어졌다. 토끼는 기분 좋게 선두로 나서며 뒤따라오는 거북이에게 한마디 던졌다.

"이봐, 거북이! 먼저 갈 테니 열심히 뒤따라와 봐! 아마 조금 있으면 내 뒷모습도 보기 힘들 만큼 거리가 벌어질 테니 죽을힘을 다해 따라와야 할걸."

"그래. 너야말로 딴청 피우지 말고 제대로 달려야 할 거야. 나도 더 이상 요행이나 네 실수는 바라지 않고 끝까지 온 힘을 쏟아부을 작정이니까."

땅에서 토끼에 비해 느리다는 것을 알기에 거북이는 쉬지 않고 뛰었다. 그런데 토끼의 말이 공연한 과장은 아니었다. 순식간에 앞서 나가더니 조금 지나자 뒷모습이 아주 조그맣게 보이기 시작했다. 얼마의 시간이 더 지나자 아예 보이지도 않았다. 점차 거북이 마음에 조바심이 자라나더니 조금은 불안해졌다.

'내가 공연히 경주를 하자고 했나? 욱하는 마음에 지르긴 했지만 이러다 망신만 당하는 거 아닌가 모르겠어.'

하지만 얼른 고개를 흔들어 불안을 털어냈다. 어차피 시작된 경쟁이고, 게다가 동물들의 토론과 합의를 통해 나름대로 공정한 경쟁 절차까지 마련한 마당에 정정당당하게 경주를 해야겠다고 생각했다. 우연을 바라지 않고 열심히 하면 승부에서 이기든 지든 후회가 없으리라는 마음도 생겼다. 약해지는 마음을 다그치며 발걸음을 내디뎠다.

토끼는 한참을 달리다 다시 뒤를 돌아다보았다. 거북이의 모습이 이제는 보이지 않았다. 한편으로 그럼 그렇지 하는 마음에 어깨가 으쓱해지면서도, 다른 한편으로는 새로운 경기규칙이 자꾸 마음에 걸렸다. 처음에는 여러 동물이 불공정한 경쟁이니 뭐니 하며 말을 쏟아낼 때만 해도 주제넘게 왜 남의 경주에 간섭을 하는가 싶었다. 하지만 반박을 하고 싶어도 반박할 말이 없었다. 무언가 뒤집을 만한 근거가 없기 때문이었다.

아까 악어가 한 말대로 만약 물에서 거북이와 경쟁한다면 자기가 이길 리 만무하다는 생각이 들었다. 물속을 자유자재로 헤엄치는 거북이를 당할 재간이 없으니 말이다. 하지만 육지라면 반대 상황이라는 점은 누구나 알고 있다. 그러하기에 거북이가 자기도 빠르다고 했을 때 그 많은 동물이 박장대소를 했지 싶었다. 거북이에게 육상경기만을 고집한다면 달리면서도 떳떳한 기분이 아닐 듯했다. 설사 결과적으로 이긴다 한들 기분이 썩 좋을 것 같지도 않았다.

반환점을 돈 이후에 강물을 헤엄쳐야 하는 과정이 불안은 하지만 이제 부당하다고 느껴지지는 않았다. 공정한 경쟁을 인정한 이상 후련해지는 기분이 들기도 했다. 깔보지도 않고 그렇다고 주눅 들지도 않고 경주에만 충실할 수 있겠다는 마음이 생겼다. 동시에 거북이가 놀림 대상이 아니라 동등한 경쟁자로 느껴졌다.

그런 생각을 하며 달리다 보니 어느새 반환점에 도달했다. 여기서부터는 길옆의 강물로 뛰어들어 헤엄을 쳐야 했다. 이제 속임수를 쓸 생각은 전혀 없었다. 후회 없는 경기를 하고 싶다는 마음이 강해졌다. 합의된 경기규칙대로 즉시 강물로 뛰어들었다.

반환점 이전에 워낙 격차를 벌려놓았기 때문에 쉽게 따라오지는 못하리라 생각했다. 하지만 물에서 네 다리를 열심히 휘저었지만 마음대로 앞으로 가지는 않았다. 물에 가라앉지 않기 위해 허우적거리면서 앞으로 나아가야 했기에 생각한 것보다 훨씬 느린 속도밖에 나지 않았다. 땅에서 달릴 때보다 몇 배는 힘이 더 들었지만 앞으로 나아간 정도는 십 분의 일도 되지 않았다.

그래도 전력을 다한 보람이 있어서 한참을 가다 보니 강둑으로 처음에 출발했던 결승선 부근이 보이기 시작했다. 그런데 승리를 예감하며 뒤돌아보는 순간 저 멀리 거북이가 헤엄쳐오는 모습도 동시에 보이기 시작했다. 조바심에 마지막 힘을 짜내 다리를 휘저었지만 기대보다는 너무 더뎠다. 결승선이 가까워질수록

존 테니얼 〈**토끼와 거북이**〉 1848년

거북이와의 거리도 좁혀졌다.

물속에서 비로소 거북이가 얼마나 유연하고 빠르게 움직이는지를 알 수 있다는 악어의 말이 실감이 났다. 그렇게 느려 보이던 거북이가 물에서는 거의 나는 듯한 속도를 냈다. 거리가 상당히 좁혀지는가 싶더니 어느샌가 앞서버렸다. 결국 결승선이 있는 강둑 바로 아래에 있는 땅으로 거북이가 먼저 올라섰다.

이미 강둑에는 들판과 숲에 살던 동물들이 잔뜩 모여서 둘의 경주를 보고 있었다. 저마다 토끼와 거북이 편으로 나뉘어 서로 응원하는 소리가 귀를 울렸다. 먼저 거북이가 땅에 발을 내딛자 응원하던 동물들이 환호성을 올리고 난리가 났다. 하지만 땅으로 올라서자마자 이번에는 거북이의 속도가 급격하게 느려졌다. 결승선이 있는 강둑이 오르막이어서 그런지 더욱 느렸다.

이 모습을 보고 토끼는 마지막 기대를 걸고 있는 힘을 다해 다리를 움직였는데, 마침 물 아래로 바닥이 닿는 느낌이 들었다. 뒷

거꾸로 보는 이솝 우화

발에 힘을 주어 껑충 땅으로 뛰어오르자마자 이번에는 토끼를 응원하는 함성이 터져 나왔다. 힘을 짜내서 뒷다리를 튕기듯이 몇 걸음을 뛰어 강둑으로 올라섰다. 하지만 간발의 차이로 막 거북이가 결승선을 통과했다.

토끼도 거북이도 경주에 온 힘을 쏟아낸 직후여서 결승선을 통과하자마자 바로 땅에 몸을 누이고 가쁜 숨을 몰아쉬었다. 토끼는 경주에 진 것이 상당히 아쉽기는 했지만 분한 기분은 아니었다. 거북이도 승리는 했지만 우쭐한 마음이 아니었다. 한편으로 경쟁 상대지만 다른 한편으로는 힘든 과정을 같이한 동료라는 느낌도 들었다. 누운 상태에서 거북이가 슬그머니 손을 내밀었고 토끼도 쑥스러운 듯 그 손을 잡았다.

목이 터져라 둘을 응원하던 동물들도 너나없이 환한 표정으로 둘에게 다가갔다. 토끼와 거북이를 일으켜 세운 후에 흥겨운 노래를 부르며 숲으로 돌아갔다. 이날 숲은 동물들의 잔치로 시끌벅적했고 어둠이 찾아올 때까지 노랫소리가 끊이지 않았다.

❖ 평가 방법의 공정성을 생각한 동물들의 선택이
   참 멋지게 느껴집니다. 우리 현실에서 평가 기준
   자체를 다시 생각해봤으면 하는 영역이 있나요?

❖ 원작이 주는 교훈을 거꾸로 읽기의 생각과 비교해
   본다면?

소금 나르다
물에 빠진 당나귀

《이솝 우화》원작에서는...

소금을 등에 지고 나르던 당나귀가 강에 빠졌다. 소금
이 녹아서 짐이 가벼워지자 마음이 흐뭇해졌다. 다음
에도 강가에 이르렀을 때 일부러 가벼워지리라 믿고
미끄러졌지만 이번에는 해면을 짊어지고 있었다. 해면
이 물을 머금자 당나귀는 일어설 수가 없어 익사하고
말았다. 꾀를 부리지 말고 열심히 일하라는 교훈이다.

당나귀에 짐을 싣고 다니며 물건을 파는 장사치가 있었다. 혼자 이 마을 저 마을에 장이 서는 날을 찾아 떠돌아다녔다. 평소에 쉬는 날도 없이 열심히 일을 해서 그럭저럭 식구들을 먹여 살릴 만큼의 수입은 되었다. 최근 몇 년 동안은 주로 소금을 팔아 꽤 짭짤한 수익을 올리던 중이었다. 그에게는 두 마리의 당나귀가 있다. 한 마리는 삼십 년째 짐을 나른 늙은 당나귀다. 다른 한 마리는 태어난 지 다섯 해를 넘긴 젊은 당나귀다. 이 년 정도 데리고 다니면서 일을 시켰더니 이제는 제법 제 몫의 일을 해냈다.

매일 함께 먼 길을 걷다 보니 당나귀들은 두런두런 이야기를 나눌 기회가 많았다. 나이 차이는 상당했지만 늘 함께 있어서 서로의 속사정도 잘 알고, 편하게 대화를 했다. 아무래도 젊은 당나귀는 혈기왕성하고 성질도 급한 편이었다. 늙은 당나귀가 벌써 삼십 년 가까이 일을 하고 세상 경험도 풍부하니 잘 알아듣게 타이르는 적이 많았다. 주인도 성실하게 일을 척척 해내고, 마음을 잘 헤아려 처신하는 늙은 당나귀를 항상 믿음직스러워했다.

요즘 들어 늙은 당나귀에게 작은 걱정이 생겼다. 젊은 당나귀가 눈치도 없이 중구난방 설치다가 주인의 기분을 상하게 하는 일이 종종 생겼기 때문이다. 지난 이 년 가까이는 시키는 대로 일을 곧잘 하더니 요즘 들어서 불만이 많아졌다. 무엇보다도 등에 지는 짐의 양이 많아서 힘들다는 투덜거림이 제일 심했다. 오늘 아침 염전에서 소금 가마니를 잔뜩 싣고 출발하면서도 마찬가지였다.

"이봐요, 영감님! 주인은 우리 허리가 부러져도 상관이 없나 봐요."

"자네는 한참 힘을 쓸 나이인데, 뭐 그리 불평인가! 조금 있으면 노년에 접어드는 나만 해도 그럭저럭 다니는데 너무 엄살이 심한 거 아니야?"

"영감님은 그게 문제라니까."

"갑자기 왜 화살이 내게 향한다니?"

"주인이 무엇을 시키든 항상 고분고분하니, 갈수록 더 많은 짐을 등에 올리잖아요."

"주인이 잘돼야, 우리도 풍족하게 여물을 먹고 보호도 받으며

퍼시 빌링허스트 〈물에 빠진 당나귀〉 1899년

살지.”

“하여튼, 고리타분한 생각은 아무도 못 말린다니까!”

한바탕 투덜대며 길을 떠난 후였다. 단골로 거래하던 마을로 가는 길에 개울이 하나 있었다. 제법 깊어서 개울을 건너는 데 애를 먹어야 했다. 게다가 전날 내린 비 때문에 흙탕물이 흘러내려와 발밑이 잘 보이지도 않았다. 텀벙대며 걷던 젊은 당나귀가 발을 살짝 헛디디는 바람에 물에 넘어졌다.

“어이쿠!”

거꾸로 보는 이솝 우화

"이, 이보게, 괜찮아?"

"어휴, 다행히 어디 다치지는 않았어요. 십 년 감수했네."

발을 잘못 내딛다가 휘청거리는 바람에 몸이 잠시 물에 잠긴 정도라서 금방 일어나기는 했다. 주인도 처음에 화들짝 놀라기는 했지만 일단 다치지 않은 것을 확인하고는 그나마 마음이 놓인 눈치다. 그렇게 놀란 가슴을 가라앉히고 다시 길을 재촉하며 걷던 중에 젊은 당나귀가 늙은 당나귀를 툭 치며 묘한 미소를 짓는다.

"영감님, 이게 웬 횡재야!"

"무슨 일인데 그래?"

"글쎄, 아까 넘어지고 나서 말이에요, 이상한 일이 생겼거든요. 무거웠던 짐이 금방 가벼워졌지 뭐예요."

"물에 잠깐 빠졌을 때 등에 지고 있던 소금이 꽤 녹아내렸나 보네."

"아하! 그래서 이렇게 가볍구나."

실은 다른 날보다 무거운 짐 때문에 아침부터 기분이 꿀꿀했다. 개울에서 발을 헛디뎌 넘어지기까지 했으니 하여튼 일진이 사나운 날이다 싶었다. 되는 일이 하나도 없는 날이니 기분 좋을 일은 없겠거니 했다. 그런데 웬걸! 이런 걸 전화위복이라고 해야 하나? 예상치 않게 소금이 녹아 발걸음이 가벼워진 후에는 덩달아 기분도 좋아졌다.

넘어질 때 약간 다쳐서 다리가 시큰거렸던 것도 까맣게 잊을 정도로 한결 더 흐뭇해진 기분이었다. 마음과 몸이 가벼워져서 길을 걷다가 늙은 당나귀를 힐끗 보았다. 이미 나이가 많은 데다 무거운 짐 때문에 다리가 후들거리는 늙은 당나귀가 측은해보였다.

"영감님도 꾀 좀 부리지 그래요!"

"무슨 꾀?"

"물에 구르고 났더니 얼마나 가벼워진 줄 알아요? 다음에 나처럼 슬쩍 물에 한번 굴러 봐요."

"주인에게 걸리기라도 하면 어쩌려고? 오늘이야 정말 넘어졌으니 네 걱정도 해주고 그냥 넘어갔지만 다음에는 의심하지 않겠어?"

"에이, 그러니까 눈치껏 잘해야죠. 넘어지는 연기도 그럴듯해야 하고, 소금도 너무 줄면 문제가 되니까 적당히. 헤헤."

"이봐, 지금 자네 얘기는 그냥 농담으로 듣겠네. 요령 피우기보다는 성실하게 살아가는 게 결국에는 모두에게 득이 되거든. 특히 자네 나이 때는 더욱 그렇고. 옛말에도 젊어서 고생은 사서도 한다는 말이 있잖은가!"

날이 저물어 숙소에 들어가 쉴 때까지 둘은 틈이 나면 이야기를 나눴다. 젊은 당나귀는 줄곧 무슨 큰 발견이라도 한 듯이 들떠 있는 표정이었다. 아직 세상 물정도 잘 모를 나이고, 젊은 만큼 치기 어린 면도 있겠다 싶어 늙은 당나귀는 되도록 교훈이 될 만한 말을 건넸다. 벌써 수십 년을 살면서 온갖 마을을 다녀본 경험을 살린 이야기들이었다. 잠들기 직전에는 성실한 삶의 자세를 가지라는 충고도 잊지 않았다.

십여 일 동안 여러 마을을 떠돌며 소금을 다 팔았다. 처음 며칠은 힘들어서 걸을 때마다 숨이 턱에 차올랐다가 몇몇 마을을 거치며 짐이 줄면 사정이 좀 나아지곤 했다. 하지만 곧 염전에 들러서 다시 소금을 잔뜩 싣는 날이 왔다. 아니나 다를까 한껏 소금 자루를 실었다. 점심시간 전인데도 벌써 입에서 단내가 날 정도로 힘이 들었다. 해가 하늘 꼭대기에 걸릴 때쯤 개울에 도착했다.

혹시나 싶어 젊은 당나귀를 보니, 유난히 필요 이상으로 뒤뚱거리는 몸짓을 했다. 넘어지지는 않았지만 슬쩍슬쩍 개울물에 소금 자루가 닿는 게 보였다. 주인이 고삐를 바짝 잡고 개울물에 닿지 않게 하려 애를 썼지만 당나귀가 의도적으로 기우뚱거리는 데야 당할 재간이 없었다. 이놈이 오늘따라 왜 이리 말썽이냐며 타박을 주었지만 이미 일부가 물에 녹은 상태였다.

오솔길로 접어들었을 때 늙은 당나귀가 나무라듯이 말을 건넸다.

"지난번에 알아듣게 말을 해줬는데도 왜 그랬니?"

"제가 언제 안 한다고 했나요? 눈치껏 살하사고 했잖아요."

"성실하게 일을 안 하고, 그렇게 요령을 피우다가는 오히려 자네에게 해로워!"

퍼시 빌링허스트 〈당나귀 두 마리〉 1899년

"해롭다고요? 오늘만 해도 가벼워져서 이렇게 좋은걸요. 오히려 영감님이야말로 지금 곧 쓰러질 것처럼 힘들어하잖아요."

"힘들다고 해서 너처럼 행동하면 주인이 손해를 보게 되잖아. 그러다 망하기라도 하면 어쩌려고 그래?"

"주인이 원하는 만큼 일하지 않으면 망한다고요? 주인은 매번 최대한의 짐을 올리려고 할 뿐이잖아요. 수익이 줄어든다고 해서 망하는 건 아니죠."

"그거야 우리 생각이고, 망할 수도 있지. 그러면 십중팔구 우리는 다른 장사치에게 팔려버릴 텐데……."

"팔리라고 하죠, 뭐. 어차피 우리야, 우리 중심으로 생각하면 되는 거 아니에요? 설사 주인이 망한다고 해서 우리가 특별하게 나빠지는 게 있나요? 다른 주인에게 팔려봐야, 우리 당나귀들이야 또 짐을 나르는 일을 하겠죠. 일의 고단함도 어딜 가나 마찬가지일 테고요."

젊은 당나귀는 자기 행동이 나름 좋은 아이디어와 연기였다고 평가하고 있었는데, 고리타분한 충고만 듣는 듯해 마음이 편치 않았다. 늙은 당나귀는 꼬박꼬박 듣는 말대답에 짜증이 났지만, 원래 반항이 가득할 나이다 싶어 꾹 참고 차분하게 설득을 이어갔다.

"옛날부터 성실하게 일하라는 가르침이 괜히 있었겠는가."

"그런 가르침을 누가 만들었을까요? 십중팔구 노예를 부리거나 일을 시키는 사람들이 만들어낸 말이겠죠."

"이보게, 그냥 옛말이 아니라 내가 오래 살면서 터득한 삶의 지혜이기도 하다네. 자네도 알다시피 내가 짐을 나른 지 삼십 년이 넘지 않았나. 직접이든 간접이든 일마나 많은 일들을 겪었겠는가. 풍부한 세월을 겪은 어른 말을 들어서 나쁠 건 없다네."

"오랜 세월이 꼭 좋은 생각만 낳는 건 아니죠."

"근면보다 꾀를 좇다가 낭패를 겪는 경우를 봤거든. 소금은 어느 누구에게나 반드시 있어야만 하는 물건인지라 아주 옛날부터 수많은 당나귀가 실어 날랐지. 예전에 자네처럼 개울을 건널 때면 일부러 넘어져 무게를 줄이던 당나귀가 왜 없었겠나. 몇 번은 그 방법으로 재미를 봤는데, 다음에 꽤 깊은 개울에서 넘어졌다가 목숨을 잃고 말았다네. 그날 등에 진 짐이 물에 녹기는커녕 몇 배는 무거워지는 해면이었거든. 몸을 일으키지 못하고 익사하고 말았지. 결국 자기 꾀에 자기가 넘어가는 꼴이 될 뿐이야."

"영감님도 참, 어지간히 답답한 말만 골라서 하네요. 그게 어떻게 꾀를 부려서 생긴 문제예요. 반대로 영리하지 못해서 생긴 일이죠. 해면이 물을 빨아들여 더 무거워진다는 걸 몰랐으니 말이에요."

"도무지 옛 교훈을 따르려 하지 않는구먼. 자네 앞날이 걱정이네."

"에고, 저는 그저 주인이 시키는 대로 성실하기만 한 영감님이 더 걱정이에요."

"오르막길로 접어들어 힘이 드니 이야기는 나중에 나누자고."

늙은 당나귀는 답답하다는 듯 고개를 가로저었다. 그들의 앞에는 꽤 가파른 고갯길이 있어서 힘을 쥐어짜 걸어야 했다. 네 다리에 힘을 주고 걷는 일에만 집중해도 힘든 길이라 자연스럽게 이야기는 사라지고 가쁜 숨소리만 들렸다. 게다가 한낮의 뙤약볕까지 머리 위로 따갑게 내리쬐고 있어서 숨이 턱 막히는 기분이었다.

팔팔한 나이의 당나귀도 힘든 길이니 노년에 접어드는 당나귀에게는 더 말할 나위가 없었다. 처음에는 비교적 완만하게 오르던 길이 고갯마루를 향해 갈수록 점차 더 가팔라지고, 당나귀들의 숨소리도 더욱 거칠어져 갔다. 요즘 부쩍 힘이 부치는지 걸음이 늦어지곤 했던 늙은 당나귀가 뒤처져 걸었다. 그래도 고개 꼭대기에 도착하면 쉬어갈 수 있는 가게가 있으니 조금만 더 힘을 내면 되겠다 싶었다. 물과 여물을 먹고, 무엇보다도 짐을 좀 내려놓고 쉬면 원기가 회복될 테니 말이다.

고갯마루를 몇 걸음 남겼을 즈음 갑자기 뒤에서 우당탕하는 둔탁한 소리와 함께 비명이 들렸다. 언덕길 막바지에서 늙은 당나귀의 후들거리던 다리가 더 이상 버티지 못하고 풀리면서 뒹굴고 만 것이다. 주인과 젊은 당나귀가 부랴부랴 굴러떨어진 곳으로 갔지만 상태가 심각했다. 무거운 짐과 함께 구르다가 다리가

퍼시 빌링허스트 〈주인과 당나귀〉 1899년

부러져 서거나 걸을 수 없는 지경이었다. 젊은 당나귀가 몸으로 부축하려 했지만 이미 어떻게 손을 쓸 수 없는 상태였다.

"에이, 이제 늙어서 더 이상 써먹기 힘들겠다고 생각했는데, 하필이면 짐도 많고 할 일도 많은 오늘이람."

주민은 재수가 없다는 듯 투덜대면서 고갯마루에서 장사치들을 상대로 음식이나 필요한 물품을 파는 가게로 들어갔다. 가게 주인과 한동안 이야기를 나눴다. 가게 주인도 와서 보고는 당나귀가 늙기도 했고, 다리가 부러졌으니 더 이상 일을 시킬 수 없다며 고개를 가로저었다. 주인은 그저 고기 값이라도 달라며 가게 주인에게 늙은 당나귀를 싸게 넘기고, 소금도 싼값으로 처분한 후 다시 길을 떠났다. 그렇게 평생을 주인이 시키는 대로 성실하게 일만 하던 늙은 당나귀는 객지에서 눈을 감았다.

❖ 과중한 일을 맡고도 꾹꾹 참기만 한 늙은 당나귀의
  최후는 너무나 처절합니다. 늙은 당나귀에게 필요한
  변화는 무엇이었을까요?

❖ 한편 주인을 속인 젊은 당나귀의 행동도 완전히
  떳떳할 수는 없습니다. 젊은 당나귀에게 필요한
  변화는 무엇일까요?

❖ 맡은 일이 지나치게 버겁다면 어떻게 대처하는 것이
  가장 현명할까요?

❖ 원작이 주는 교훈을 거꾸로 읽기의 생각과 비교해
  본다면?

수탉을 죽인
직녀들

《이솝 우화》 원작에서는…

욕심이 많은 노파는 수탉이 울면 동이 트기 전에도 직녀들을 깨워 일을 시켰다. 직녀들은 일찍 깨우는 수탉이야말로 불행의 원인이라고 믿었다. 피로가 쌓이자 수탉을 죽였다. 그러나 직녀들은 더 큰 곤경에 빠졌다. 여주인이 수탉이 우는 시간을 몰라 한밤중에도 깨워 일을 시켰기 때문이었다. 제 꾀에 넘어가지 말고 열심히 일하라는 교훈을 전한다.

#열정페이
#근로기준 #아름다운_청년_전태일
#악덕업자_퇴출

어느 도시에 옷감을 만들어 파는 부유한 노파가 살고 있었다. 젊은 시절부터 솜씨가 좋은 편이어서 그녀의 옷감을 찾는 손님이 많았다. 시장에 내놓기만 하면 금방 팔리곤 해서 제법 돈을 모았다. 하지만 나이가 들어가면서 체력도 떨어지고 주의력도 예전만 못해서 수입이 줄어들었다. 반대로 돈에 대한 욕심은 늘어났다.

더 많은 돈을 벌 수 있는 방법을 찾다가 좋은 생각이 떠올랐다. 옷감을 짜는 직녀들을 고용해서 일을 시키는 것이었다. 주변에 수소문을 해서 옷감을 맵시 있게 짜고 손이 빠른 두 명의 처녀를 여공으로 고용했다. 옷감을 짜는 직조기도 새롭게 두 대 장만했다. 일을 잘하는 두 명의 직녀와 쓸 만한 직조기를 마련했으니 이제 본격적으로 돈을 벌 일만 남았다는 생각에 가슴이 한껏 부풀어 올랐다.

두 직녀에게는 아침에 동이 틀 무렵 수탉이 우는 시간부터 늦은 밤까지 일한 대가로 일정한 품삯을 지급하기로 했다. 노파가 오랫동안 일을 하면서 시장에서 고객들과 맺은 관계도 많고, 직녀들도 열심히 일을 해서 얼마 지나지 않아 짭짤한 수입이 생기기 시작했다. 예전에 혼자 일하던 시절보다 오히려 더 많은 재산이 쌓이자 노파의 욕심은 처음보다 훨씬 커져만 갔다.

직녀들에게 일을 더 시킬 방법을 찾다가 노파의 집에서 먹고 자게 했다. 출근하고 퇴근하는 시간을 줄여서, 새벽과 밤에 더 오래 일을 시킬 수 있기 때문이었다. 효과는 바로 나타났다. 작업장 바로 옆에 있는 숙소에서 자고, 일어나자마자 바로 일을 해야 했다. 당연히 이전보다 더 많은 옷감을 만들었고, 노파의 수입도 늘었다.

노파는 새롭게 시도한 방법이 매번 성공을 거두자 자신의 사업 수완이 남다르게 뛰어나다며 만족스러워했다. 하루가 다르게 늘어나는 재산을 보며 몇 달을 기분 좋게 지냈다. 하지만 그럴수록 자신보다 훨씬 으리으리하게 큰 집을 짓고, 화려한 보석으로 몸을 치장하고, 남들에게 떵떵거리며 사는 더 큰 부자들이 부러워졌다. 두 직녀를 통해 좀 더 튼튼하게 기반을 잡고, 여공과 직조기의 수를 점차 늘리면 얼마든지 도달할 수 있는 목표로 여겨졌

퍼시 빌링허스트 〈주인 노파와 수탉〉 1900년

다. 다시 가슴이 뛰었다.

쇠뿔도 단김에 빼라는 옛말도 떠올랐다. 이번 기회에 확실하게 한몫 단단히 잡아야겠다는 생각이 강해졌다. 다시 직녀들을 더 쥐어짜서 이익을 늘려야 했다. 먼저 지출을 더 줄여 수입을 늘릴 수 있는 방법을 찾았다. 하지만 이미 급료는 쥐꼬리만큼 조금 주고 있으니 더 낮추기는 어려웠다. 직녀들에게 주는 음식도 겨우 허기를 채울 수 있을 정도로 형편없는 수준이어서 이 역시 더 이상 비용을 줄일 수는 없었다.

아무리 머리를 굴려 봐도 결국 직녀들에게 일을 더 시키는 방법밖에 없었다. 아예 해가 뜨는 시간을 일찍 당길 수 있으면 좋으련만, 인간의 힘으로 할 수 있는 일이 아니어서 안타까울 뿐이었다. 해가 뜨고 지는 시간을 조절할 수 있는 능력이 없음을 한탄하며, 더 이상 좋은 수가 없나보다며 포기하려는 순간이었다. 갑자기 기발한 생각 하나가 번개처럼 머리를 스쳤다.

신이 아닌 이상 해가 뜨는 시간을 당길 수 없는 노릇이고, 대신 인간으로서 할 수 있는 묘안이 떠올랐다. 직녀들과의 계약이 새벽에 수탉이 우는 시간부터 일하는 조건이었으니 이를 잘 활용하면 될 일이었다. 동이 트는 시간이 되기 전에 수탉이 울도록 만들면 직녀들에게 더 오랜 시간 일을 시킬 수 있다며 쾌재를 불렀다.

다음 날 새벽이 오기 전에 노파는 살금살금 닭장으로 다가가 횃불을 밝히고 긴 막대로 수탉을 자극하여 눈을 뜨게 했다. 수탉

귀스타브 도레 〈노파와 수탉〉 1876년

은 동이 트는 시간이 지난 줄 알고 부랴부랴 일어나 날카로운 목
소리로 울어댔다. 직녀들은 졸린 눈을 비비며 일어나 대충 씻고
옷감을 짜는 작업대에 앉았다. 다른 날보다 피곤이 덜 풀린 느낌
이었다.

　그렇게 처음 며칠은 피곤에 지친 몸을 겨우 일으켜 일을 했으
나 갈수록 조금만이라도 잠을 더 잤으면 하는 마음이 굴뚝같았
다. 최소한의 수면 시간조차 줄어드니 몸도 갈수록 허약해졌다.
더 이상 견딜 수 없다는 생각에 노파에게 하소연을 했다.

　"피곤해서 견딜 수가 없어요. 새벽에 잠을 좀 더 자게 해주세요."

　"왜 그러는데?"

　"그렇지 않아도 가뜩이나 잠이 부족해서 피곤했거든요. 그런

　　　　　　　　　　　　　　　거꾸로 보는 이솝 우화

데 이상하게 요즘 수탉이 일찍 울어대는 바람에 잠자는 시간이 더 부족하네요."

"그래? 어쨌든 수탉이 울 때 일어나 일을 하기로 약속했으니 어쩌겠어! 힘들더라도 원래 정해진 대로 일을 해야지."

직녀들은 고개를 갸우뚱하며 다시 사정을 했다.

"뭔가 좀 이상해서 그래요. 예전에는 수탉이 울어서 일어나면 곧 동이 터 올랐는데, 요즘에는 한참을 일하고 있어도 꽤 오랫동안 어두운 상태 그대로거든요."

노파는 움찔하기는 했지만 물러서지 않았다.

"수탉이야 좀 더 일찍 울기도 하고, 늦어지기도 하는 거지 뭐. 너희들이 내 딸 같고, 가족 같아서 하는 말인데 말이야. 예부터 젊어서 고생은 사서도 한다는 말이 있잖아. 일을 좀 더 하면 어때. 즐거운 마음으로 젊은 시절에 열심히 일하도록 해!"

"……"

노파에겐 고충을 덜어줄 생각이 전혀 없음을 알게 되었다. 너무나 속상하고 실망스러웠지만 두 명의 직녀 모두 다른 생각을 할 수는 없었다. 어릴 때야 부모님이 어찌됐든 보살펴주었지만, 나이가 차서 이제 스스로 생계를 해결해야 했다. 게다가 어려운 집안 사정이 있고, 부모님들도 늙어서 딸에게 적지 않게 의지하고 있었다. 무엇보다도 어린 동생들을 생각하면 피곤하다는 이유로 일을 그만둘 수는 없었다.

가난하다 보니 제대로 배움의 기회가 없었다. 늘 쪼들리는 처지였기에 애초에 장사를 생각할 수도 없었다. 유일하게 믿을 거라고는 달랑 자기 몸뿐이었다. 여성 노동력을 가장 많이 필요로 하는 분야가 옷감 짜는 일이었기에 소녀 시절부터 시작하게 되었다. 처음에는 일을 배운다는 명목으로 급료도 받지 못하고 매일 힘든 노동을 했다. 이제 꽤 솜씨를 갖추었지만 어려운 생활은 여전했다.

어쩔 수 없이 노파의 작업장에서 계속 일을 했다. 노파가 항상 옆에서 작업 과정을 지켜보고 있으니 딴청을 피우기도 어려웠다. 잠깐 식사를 하는 시간을 제외하고는 쉬지 않고 일했는데, 잠자는 시간까지 줄어드니 날이 갈수록 피곤은 더 쌓여갔다. 소원이 있다면 좀 더 쉬고 싶고, 하루에 한두 시간이라도 더 잤으면 좋겠다는 마음뿐이었다.

그러던 어느 날이었다. 부실한 식사 때문이었는지 배탈이 나서 낮부터 고생한 날이었다. 아프다고 해서 노파가 일을 빼주거나 덜 시킬 리도 없어서 꾹 참고 버텼다. 잠자리에서도 속이 계속 불편했다. 속이 부글거려서 제대로 잠도 이루지 못하고, 새벽이 오기 전에 실내를 더듬거리며 화장실을 향해 밖으로 나갔다.

무슨 일인지 어둠 속에서 노파가 살금살금 닭장으로 향하는 모습이 보였다. 긴 막대기로 곤히 자고 있는 수탉을 툭 건드리는 게 아닌가. 수탉이 깜짝 놀라 일어나더니 그릇 깨지는 날카로운 소

존 테니얼 〈기상하는 직녀들〉 1848년

리로 울어댔다. 직녀는 너무나 황당한 장면에 꿈을 꾸는 게 아닌가 싶어 자기 볼을 꼬집었지만 생생한 현실이었다. 속이 아픈 것도 잊고 부리나케 방으로 돌아가 동료를 흔들어 깨웠다. 자기 눈으로 본 노파의 행동을 알렸다.

"뭐라고? 그동안 우리가 속았던 거야?"

"너무 놀라서 배탈이 난 것도 잊었을 정도라니까."

"이걸 어쩌지?"

"글쎄 말이야. 그렇다고 저 할망구를 어떻게 할 수는 없는 노릇이고……"

"너무나 분해! 그동안 잠을 빼앗긴 것만 해도 억울하고 화가 나! 이대로 있을 수는 없잖아. 뭔가를 해야지."

"이렇게 해보는 게 어떨까? 일단 수탉이라도 죽이면 할망구가 더 이상 못된 짓을 하기는 어렵지 않겠어?"

"그래! 그것만으로 분이 풀릴지는 모르겠지만, 어쨌든 아무렇지 않은 듯 가만히 있을 수는 없지. 이따 점심 먹고 해치워버리자구."

두 직녀는 점심을 먹고 슬쩍 닭장으로 갔다. 푸드덕거리는 날갯짓을 하며 도망가려는 수탉을 잡아 죽였다. 노파는 두 직녀가 한 짓임을 뻔히 알았지만, 자신이 새벽이 오기 전에 수탉을 울게 한 행위도 있으니 대놓고 뭐라고 하기도 어려웠다. 노파는 오직 직녀들이 일하는 시간이 줄어들어 재산을 늘리는 데 지장이 생기는 것만 걱정이었다.

조바심이 난 노파는 아예 더 노골적으로 나서기 시작했다. 수탉이 하던 역할을 직접 하기로 작정했다. 새벽이 오기 전에 일찍 일어나 두 직녀를 깨워 일을 시켰다. 그녀들이 항의했지만 소용없었다. 노파는 나름대로 생각한 바가 있었다. 집이 가난해서 당장 받아가는 급료가 절박할 테니, 일을 더 시키더라도 자기네들이 뭐 어쩌겠냐 싶었다. 오히려 거친 말투로 그녀들을 몰아붙였다.

"너희들 말고도 일할 사람들은 얼마든지 있거든. 내가 시키는 대로 일을 하든가, 아니면 그만두든가 마음대로 해!"

가난하고 순진한 처녀들이기 때문에 겁을 주면 될 일이라 생각했다. 아무리 불만이 있어도 가족의 생계를 위해 어쩔 수 없이 자기 지시에 따를 것이라고 예상했다. 하지만 노파의 기대와는 달

장 바티스트 오드리 〈노파와 직녀들〉 1750년경

리 두 직녀는 그날로 일을 그만두고 떠났다. 한편으로 피곤도 문제지만, 다른 한편으로 모욕과 경멸을 견디기 어려웠다.

일을 그만둔 직후에 두 직녀의 식구들은 걱정을 했다. 당장 먹고사는 생활이 팍팍하기 때문이었다. 하지만 그동안 솜씨 좋게 옷감을 만든다는 평을 들었기에 얼마 지나지 않아 새로운 작업장을 구할 수 있었다. 어디를 가도 급료는 별로 차이가 없었고 오래 일을 시켰지만 노파처럼 일하는 시간을 속이지는 않았다. 더구나 최소한 동이 트기 훨씬 전부터 깨워서 일을 하도록 닦달하지는 않았다.

노파는 잠시 지장이 생기기는 했지만, 새롭게 옷감 짜는 여공을 구하면 된다고 여겼다. 그러나 몇 주일이 지나도 좀처럼 제대로 능력을 갖춘 새로운 직녀를 구하기 어려웠다. 이미 이 분야에서 일하는 사람들 사이에 노파의 야비한 행태가 파다하게 퍼졌기 때문이었다. 나름대로 솜씨가 좋고 손이 빠르다고 인정받는 직녀들은 굳이 노파의 작업장에서 일하려 들지 않았다.

직조 일에 경험이 전혀 없는 어린 소녀들이 멋모르고 찾아와서 일을 시작하는 경우는 있었다. 하지만 조금만 일을 배우면 다른 작업장으로 옮겼다. 주변에서 노파에 대한 나쁜 평판을 듣기도 했고, 또한 노파 밑에서 직접 힘든 경험을 했기 때문이었다.

사정이 이러하니 점차 옷감 시장에서 노파의 작업장에서 만들어진 옷감은 거칠고 문제가 많다는 지적이 나왔다. 제대로 제작

일정을 맞추지 못하는 경우도 잦아졌다. 몇 년이 지나지 않아 노파는 여공들 사이에서 인심을 잃고, 시장의 구매자들에게도 신용을 잃으면서 손실이 커져만 갔다. 결국 빚이 늘어나 더 이상 작업장을 유지할 수 없게 되어 문을 닫고 망해버렸다.

❖ 영리를 목적으로 인간을 희생하는 어리석음은
실제로도 종종 있었습니다. 어떤 사례가 있을까요?

❖ 불법적인 노동 착취로 만들어진 제품의 구매를
거부하는 등 좀 더 현명한 소비자가 되려는 노력이
늘고 있습니다. 공정 무역 혹은 바른 절차로 생산된
정직한 상품을 파는 곳을 내 주변에서 찾을 수
있나요?

❖ 원작이 주는 교훈을 거꾸로 읽기의 생각과 비교해
본다면?

가난한 시골쥐와
부유한 서울쥐

《이솝 우화》원작에서는…

서울쥐가 친구의 초대를 받고 시골로 갔다. 먹을 것이
곡식뿐임을 안 서울쥐가 풍요로운 서울로 가자고 했다.
서울에 도착하여 진수성찬이 차려진 식탁을 보여주
었다. 식사를 하려는 순간 자꾸 문을 열리고 사람이 들
어와서 둘은 도망 다니기 바빴다. 시골쥐는 온갖 위험
과 두려움 속에서 사느니, 곡식이나 갉아먹으며 가난
하게 살더라도 마음 편한 게 더 낫다며 시골로 떠났다.
가난에 불만을 갖지 말고, 마음이 편한 삶을 중시하라
고 권고하는 내용이다.

#서울살이 #시골살이
#어디나_생존경쟁
#제3의_길 #새로운_도전

시골쥐가 친구의 초청으로 서울로 갔다. 서울쥐가 예전에 얼마나 부유하게 사는지 입에 침이 마르게 자랑한 터라 생활 모습이 궁금하기도 했다. 시골쥐는 집에 들어가는 순간부터 기가 죽었다. 시골에서 평소에 보던 집들과는 겉모습부터가 워낙 달랐기 때문이었다. 시골에서는 고개를 들면 대충 지붕이 보였는데 아예 어디가 끝인지 보이지 않을 만큼 큰 집이었다.

집 안으로 들어서자 더욱 입이 다물어지지 않았다. 벽이나 바닥이 온통 희고 매끈한 대리석이어서 흙이 묻은 발로 들어서는 게 미안한 생각이 들었다. 벽은 금빛이 번쩍거리는 화려한 장식으로 가득했다. 한눈에 보기에도 유명 화가들의 작품으로 보이는 그림들이 곳곳에 걸려 있기도 했다. 정교한 조각으로 꾸민 각종 가구 옆을 지나갈 때마다 감탄의 눈길로 바라보았다.

서울쥐는 눈이 휘둥그레져서 주변을 살피는 친구의 모습을 보며 뿌듯한 마음이었다. 자기가 얼마나 대단한 집에 살고 있는지를 자랑하듯 의기양양한 모습으로 발걸음을 옮겼다. 한동안 넋을 잃고 이곳저곳을 살피던 시골쥐는 배가 고파졌다.

"서울쥐야, 대충 집 구경을 했으니, 이제 식사를 했으면 좋겠는데? 배에서 꼬르륵 소리가 나는걸!"

"그러네. 먼 길을 걸어왔으니 허기가 질 만하지. 날 따라와. 식당으로 안내할게."

"집이 이 정도로 으리으리하니, 얼마나 대단한 음식이 가득할지 벌써 기대가 되네."

식당으로 들어선 시골쥐의 입에서는 다시 한번 감탄의 소리가 터져 나왔다. 십여 명은 충분히 둘러앉을 수 있는 거대한 식탁이 중앙에 있었다. 흰색 식탁보가 깔려 있는데, 눈부시도록 깨끗해서 절로 입맛을 돋웠다. 눈길을 끄는 각종 식기는 더 말할 필요도 없었다. 아름답게 색을 입힌 자기 그릇이나 크리스탈 재질의 컵이 즐비했다. 은으로 만든 접시도 군데군데 눈에 띄었다.

식탁 위는 생전 듣도 보도 못한 갖가지 음식들로 가득했다. 푸짐하게 통구이로 만든 고기에서 입에 군침을 돌게 만드는 냄새가 풍겨 나왔다. 각종 양념과 향신료로 맛을 낸 스튜를 보니 배가 더 고파졌다. 갓 구운 빵에서 따뜻한 온기가 느껴졌다. 여러 종류

장 바티스트 오드리 〈시골쥐의 서울 방문〉 1750년경

의 야채와 과일까지 풍성했다. 세상에 이렇게 사는 쥐들도 있구나 하며 넋을 잃을 지경이었다. 난생 처음으로 세상 남부럽지 않은 식사를 해보겠다는 마음에 설레었다.

"서울쥐야, 네가 너무나 부럽다!"

서울쥐가 어깨를 으쓱하며 대답했다.

"뭐, 이 정도야 매일 저녁에 만나는 식탁인걸."

"그래? 더 성대한 식사도 있어?"

"그럼! 종종 파티가 열리는데, 많은 사람이 찾아오거든. 평소에는 볼 수 없었던 다양한 음식이 나오지. 달콤한 과자나 색다른 과일도 잔뜩 맛볼 수 있어."

"우와! 정말 대단하다. 딴 세상에 온 거 같아. 매일 푸짐한 음식 속에서 살아갈 수 있다면 얼마나 행복할까."

"대단하긴 뭐. 그저 일상생활일 뿐인걸."

"어떤 음식부터 맛을 봐야 하는지 갈피를 잡을 수 없겠는데. 자, 일단 배가 터지게 먹고 나서, 이야기는 나중에 하자구."

먼저 고기부터 한 입 베어 물어야겠다고 생각했다. 입맛을 다시며 통구이 고기가 있는 접시로 다가서는 순간, 갑자기 '덜컥' 하는 소리와 함께 식당 문이 열렸다. 식사를 하기 위해 집주인이 문을 열고 들어왔다. 식당으로 향하며 사람들이 떠드는 소리도 들렸다. 동시에 서울쥐는 시골쥐를 향해 다급한 목소리로 외쳤다.

"야! 빨리 도망가!"

두 마리의 쥐는 기겁을 하고 식탁을 뛰어내렸다. 다급하게 뛰어내리다보니 컵을 건드려 물이 쏟아졌다. 바닥에 닿자마자 쥐구멍을 향해 꽁지가 빠지게 냅다 도망쳤다. 허겁지겁 쥐구멍 안으로 도망치고 나서야 숨을 가다듬었다. 시골쥐는 놀라서 쿵쿵 뛰는 가슴을 쓸어내린 다음에 말했다.

"어휴! 놀라서 심장이 멎는 줄 알았다."

"서울에서 사는 쥐가 늘 겪어야 하는 숙명이지."

"식탁의 음식은 언제 먹을 수 있어? 사람들의 식사가 끝나고 다시 식당으로 들어가면 되는 거니?"

"잠잠해질 때쯤 가보자구."

배가 고파 환장하겠기에 조바심을 내며 식당에서 나는 소리에 귀를 기울였다. 한참을 식사를 하면서 이야기하는 소리, 식기가 부딪치는 소리가 들렸다. 이야기가 잦아드는가 싶더니 의자 미는 소리가 들리고 조용해졌다. 두 쥐는 조심스럽게 쥐구멍으로 고개를 내밀었다. 다행히 모두 나가고 식당에는 아무도 없었다.

이때다 싶어 잽싸게 식탁 위로 뛰어 올라가 허겁지겁 남긴 음식에 입을 대려는 순간이었다. 다시 문이 열리며 사람이 들어왔다. 제대로 음식 맛도 보지 못하고 줄행랑을 쳐야 했다. 설거지를 하기 위해 들어온 것이었다. 쥐구멍 안에서 기다렸지만 남은 고기나 빵은 쓰레기통 안으로 사라져버렸다.

사람들이 모두 잠든 후에야 주방과 식당의 여기저기를 뒤져서

장 바티스트 오드리 〈시골쥐의 서울 방문〉 1750년경

허기를 면할 수 있었다. 다음 날에는 그럭저럭 포만감을 느낄 수 있을 만큼 먹을 수 있었다. 물론 여러 차례 식당이나 주방을 드나드는 사람들을 피해 먹다 말고 기겁을 하며 헐레벌떡 도망쳐야 했다. 그렇게 며칠이 지나고 나서 시골쥐는 서울 생활에 대해 솔직한 심정을 토로했다.

"이런 데서 어떻게 사니?"

"왜?"

"사람들이 언제 나타날지 몰라서 매일이 항상 불안하잖아. 먹다 말고 도망쳐야 하는 일이 많고."

"어디에서든 쥐가 겪어야 하는 일 아니야?"

"물론 어느 정도의 위험은 있지. 하지만 서울은 너무 달라. 시골에 비해 사람들이 너무 많아. 시도 때도 없이 피해야 하니 불안이 비교할 수 없을 정도로 크잖아. 시골보다는 먹을 게 많기는 하고 과거에 맛보지 못했던 음식도 있지만 수시로 닥치는 위험 상황 때문에 소화가 안 될 지경이야."

"모든 게 장점과 단점이 있잖아. 좀 더 지내면서 서울 생활이 주는 재미를 좀 더 느껴 봐."

어차피 몇 주 살아볼 요량으로 서울에 왔으니 친구 말대로 서울 생활에 적응해보려 했다. 그러던 어느 날 또다시 예상치 못한 일이 벌어졌다. 갑자기 처음 보는 몇몇 쥐들이 험악한 표정으로 들이닥쳤다. 자기들이 앞으로 살 테니 이 집에서 나가라며 느닷

없이 덤벼들었다. 영문도 모른 채 시골쥐는 침입자들에게 몇 대 쥐어 맞아야했다. 서울쥐는 이들과 필사적으로 싸워 집에서 내 쫓았다. 시골쥐는 맞아서 얼얼한 머리를 쓰다듬으며 황당한 표정으로 친구에게 물었다.

"이게 도대체 무슨 일이니?"

"종종 있는 일이야.

"게네들은 누구고, 왜 우리를 이 집에서 나가라는 거야?"

"서울에서는 부잣집을 차지하려는 쥐들 사이의 경쟁이 장난 아니거든. 서울이라고 해서 다 여기처럼 먹을 게 풍부한 부자들만 살지는 않아. 그저 그렇게 먹고사는 집이 훨씬 더 많고, 심지어 제대로 끼니를 때우지 못하는 집들도 있어. 그러니 쥐들로서도 먹이를 둘러싼 경쟁이 불가피하지. 내가 이 집에 살게 된 것도 마찬가지로 여기 살던 쥐와 싸워서 이긴 결과라고 보면 돼. 서울에서는 치열한 생존 경쟁을 통해 더 좋은 곳으로 올라가고, 싸워서 내 자리를 지키는 수밖에 없어."

"친구야, 이렇게 사는 건 행복과 거리가 멀어. 부잣집이어서 음식이 풍부하면 뭐해? 사람들이 많고 수시로 드나들어서 매 끼니 먹을 때마다 불안에 떨어야 하잖아. 게다가 이 자리를 지키기 위해서 주변의 쥐들과 끊임없이 싸워야 하는 처지노 문제고. 언제든지 경쟁에 밀려 추락할 수 있으니 말이야."

"나도 위험과 경쟁에서 오는 불안이 지긋지긋하기는 해. 서울 생활에 회의가 찾아오는 적도 있고. 네가 사는 시골은 달라?"

"비록 먹을 게 풍부하지는 않지만 서울보다 마음은 훨씬 편해. 가난하더라도 매일 불안에 떠는 것보다는 좋지 않아? 무엇보다도 여기처럼 서로 뺏고 뺏기는 치열한 경쟁 속에서 살얼음판을 걸어야 하는 일이 거의 없지. 한번 나와 함께 시골에 가서 살아보지 않을래? 네가 비교해보고 어떻게 살지 판단하면 될 일이니 말이야."

"그래볼까? 사실 언제 뒤처질지 모른다는 압박감에 시달리는 생활에 조금씩 지치던 중이기는 했거든. 내일 같이 네가 사는 집으로 가보자구."

다음 날 바로 시골쥐가 사는 곳으로 갔다. 서울을 벗어나자 바로 눈에 보이는 모습이 달랐다. 높고 으리으리한 건물이 사라지고 나지막한 집들이 이어졌다. 서울은 집들이 빽빽하게 들어차 있다면 시골은 드문드문 한적해서 한결 여유로운 마음이 생기는 듯했다. 드디어 시골 특유의 작은 집에 도착했다. 아무래도 주변에 흙이 널려 있으니 여기저기 먼지를 뒤집어써서 낡은 집 느낌이었다.

꽤 먼 길을 걸어왔으니 배가 출출해졌다.

"시골쥐야, 먼저 허기를 달래야겠다."

"그러네. 나도 배가 고파 힘이 드네. 너는 더하겠지. 다른 일은 제치고 얼른 먹을거리부터 찾아봐야겠다."

시골쥐의 뒤를 따라가며 집안을 살피기 시작했다. 시골 사람들은 낮이면 들로 농사일을 하러 나가기 때문에 집에 아무도 없었다. 사람들에게 들켜서 쫓기는 불안감을 가질 필요가 거의 없는 점이 일단 좋아 보였다. 음식이 있을 만한 곳을 구석구석을 찾아다녔다. 그런데 웬걸, 이렇다 하게 먹을 게 보이지 않았다. 서울쥐가 어찌 된 영문이냐는 표정으로 바라보자 시골쥐가 말했다.

"지금은 이 집 사람들이 식사를 이미 다 마치고 밖에 나가 있어서 마땅하게 먹을 게 없네."

"그러면 어떡해야 돼? 굶는 수밖에 없어?"

"당장은 뾰족한 수가 없지. 이따 사람들이 저녁 식사를 한 후에 남은 음식을 뒤져서 먹어야 할 것 같아. 조금만 더 참아."

시간이 지날수록 배가 고파 다리가 후들거릴 지경이었지만 참는 도리밖에 없었다. 저녁이 되어 해가 산 아래로 떨어질 때가 되어서야 일을 끝내고 사람들이 돌아왔다. 부랴부랴 저녁을 준비하기 위해 부산하게 움직이는 소리가 들렸다. 잠시 후에 작은 식탁에 둘러앉아 식사하는 소리가 들렸다.

서울쥐는 쥐구멍에서 고개를 살짝 내밀어 무엇을 먹고 있는지를 살폈다. 식탁 위가 보이지는 않았으나 그들의 손이나 입을 통해 대충은 알 수 있었다. 진한 냄새라고는 전혀 느낄 수 없는 멀건 스프에 거친 빵이 전부인 듯했다. 서울쥐로서는 하루 종일 아무것도 입에 넣은 게 없어서 더운밥 찬밥을 가릴 처지가 아니었다. 아무리 거친 빵이라 해도 배불리 먹고 싶은 마음밖에 없었다.

귀스타브 도레 **〈시골쥐의 생활〉** 1876년

기다린 보람이 있어서 드디어 사람들이 저녁을 다 먹은 후에 방으로 들어갔다. 늦은 밤까지 사람들이 집안을 왔다 갔다 하는 서울과 달리 금방 조용해졌다. 매일 아침부터 저녁 무렵까지 반복되는 밭일이 고단해서인지 일찍 잠에 떨어졌다. 쥐들의 시간이 왔다 싶어 식탁 주변으로 다가섰다.

하지만 기대와는 완전히 다르게 먹을 만한 음식을 찾을 수 없었다. 가난하다 보니 사람들이 매 끼니를 빠듯하게 마련하고 거의 다 먹어치웠기 때문이었다. 하는 수 없이 바닥을 샅샅이 살펴 떨어진 빵 부스러기를 핥아야 했다. 눈을 부릅뜨고 살핀 결과 운 좋게 조금 큰 조각을 발견하기도 했지만 배고픔을 달래기에는 터무니없이 부족했다. 시골쥐는 친구에게 면목이 서지 않는 표

거꾸로 보는 이솝 우화

정으로 안절부절못했지만 달리 방법이 없었다. 다음 날을 기약하며 두 쥐도 잠을 청했다.

날이 밝고 나서 사람들은 각자 삶은 감자 두어 개씩을 아침 식사로 먹은 후에 다시 일을 하러 밖으로 나갔다. 사람들이 나간 후의 식탁 주변 상황은 어제저녁과 별로 다를 게 없었다. 그나마 쓰레기통 주변으로 먹고 버린 삶은 감자 껍질이 널브러져 있어서 허겁지겁 먹었다. 감자라고 할 수 있는 부분은 버려진 껍질에 약간 붙어 있는 것밖에 없었다. 사실상 맛이라고는 조금도 없는 껍질로 대신 만족해야 했다.

며칠을 그렇게 보내다 보니 서울쥐는 영양실조에 걸릴 것만 같았다. 답답하다는 표정으로 물었다.

"그동안 이렇게 살았니?"

"시골이 그렇지 뭐. 항상 가난이 따라다니니까."

"도저히 제대로 산다고 할 수 있는 수준이 아닌걸. 네가 왜 몸집이 왜소하고 비쩍 말라 있는지 이제야 알 것 같아."

"나야 늘 이렇게 살아왔으니 어려워도 버티며 살았는데, 너는 힘들기는 하겠구나. 정 배고픔을 못 참겠으면 산이나 들로 나가보자. 집에 정 먹을 게 없을 때면 마지막 수단으로 찾아가는 곳이거든."

"그래? 당장 나가자. 며칠을 계속 속이 비어 있는 듯하니, 배만 부르다면 무엇이든 먹을 수 있을 것 같아."

둘은 집 밖으로 나갔다. 먼저 비교적 가까운 들을 향했다. 한참을 가다 멈춘 곳에 길쭉한 풀같이 생긴 것들이 무성하게 자라나 있었다. 시골쥐가 가지를 휘어 끄트머리의 알갱이들을 잘라냈다. 빵을 만드는 곡식이라며, 먹어보라고 건넸다. 서울쥐가 알갱이 몇 개를 씹다가 곧바로 바닥에 뱉었다.

"퉤, 퉤! 이게 뭐야? 떫어서 먹을 수가 없잖아."

"아직 익기 전이어서 그래. 굶주리지 않으려면 때로는 이거라도 먹어야지."

"맛이 너무 이상해서 도저히 먹을 수가 없어!"

"하긴! 그러면 근처 산으로 가보자. 거기도 마찬가지이긴 할 텐데……."

산에서 딴 열매도 익지 않아서 너무 떫거나 시었다. 서울쥐는 이빨로 씹자마자 곧바로 뱉어버리기 바빴다. 나중에는 아예 속이 울렁거리는지 구역질을 했다. 도저히 안 되겠다 싶어서 다시 집으로 가려고 발길을 돌린 순간 갑자기 등골이 서늘해지는 느낌이 들면서 온몸의 털이 곤두섰다. 날카로운 눈을 번뜩이며 살쾡이 한 마리가 길을 막아선 것이었다. 시골쥐가 절규하듯 소리쳤다.

"뛰어! 집으로 도망가!"

친구의 외침이 아니었어도 이미 서울쥐는 죽을힘을 다해 집을 향해 뛰고 있었다. 누가 가르쳐주지 않아도 길을 막아선 동물이 쥐의 천적이라는 점을 본능적으로 알았다. 직감적으로 도시에서 간혹 마주치는 고양이보다 몇 배는 더 무서운 놈이라는 느낌이 왔다. 고양이에게 잡아먹히는 동료 쥐들을 몇 차례 본 적이 있었다. 휠씬 더한 놈을 만났으니 오늘은 영락없이 내 차례구나 싶었다.

어떻게 뛰었는지도 몰랐다. 머릿속이 하얗게 변해서 아무런 생각도 나지 않았다. 그저 본능이 시키는 대로 무조건 뛰었다. 하늘이 도왔는지 두 마리 쥐 모두 무사히 집으로 돌아왔다. 안전한 쥐구멍 안으로 들어간 이후에도 한참을 아무 말도 못했다. 공포가 가득한 얼굴로 가쁜 숨을 몰아쉴 뿐이었다. 얼마나 지났을까. 가까스로 정신을 차린 서울쥐가 떨리는 목소리로 입을 뗐다.

"아이구야, 떨려서 아직도 말이 잘 안 나온다. 전에도 이런 일이 있었어?"

"응······. 산이나 들로 먹이를 찾아 나설 때 생길 수 있는 위험이지. 아까는 살쾡이라는 놈이고. 집 주변에서는 고양이를 마주칠 수도 있어. 더 무서운 건 소리 없이 다가오는 뱀이라는 무서운 놈이고. 모두 우리의 천적이지. 시골이라는 데는 아무래도 쥐를 노리는 고양이나 야생동물이 더 많아."

"서울에선 사람이 위험이긴 하지만 우리가 잽싸게 도망치면 얼마든지 피할 수 있잖아. 간혹 사람보다 더 무서운 고양이를 만나 죽기도 하지만 그리 자주 있는 일은 아니야. 그런데 여기에는 고양이보다 더 무시무시한 놈들이 여럿 있네."

"그래서 굶주려 쓰러질 지경이 아니면 되도록 먹을 게 부족하더라도 집에서 해결하려 하지. 오늘은 꽤 재수 없는 날이기도 하고."

서울쥐가 심각한 표정으로 물었다.

"네가 시골에 살면 가난하긴 해도 마음은 편하다고 했잖아. 나도 요즘에는 서울의 불인한 생활에 지치곤 해서 한번 시골에 살아볼까 하고 왔는데 이게 뭐니? 도대체 뭐가 편하다는 거야?"

"산이나 들로 나가지 않으면 위험은 훨씬 덜해. 비록 끼니를 거르는 적이 꽤 있어서 배가 고프지만 집에만 있으면 큰 불안은 없거든. 가난한 사람들이 먹다 떨어뜨린 부스러기나 먹다 버린 껍질이지만 굶어죽을 정도는 아니니 어떻게 버티며 살 수는 있어. 사람을 자주 마주칠 일도 없고 다른 쥐들과의 치열한 경쟁도 없으니 마음은 좀 편해."

"네 말대로 천적 동물들은 피할 수 있다고 치자. 하지만 네가 크게 착각하고 있는 게 하나 있어."

"내가 착각한다고? 그게 뭔데?"

"위험이나 불안은 사람이나 천적에 의한 위협이나 경쟁에서만 오는 게 아니야. 오히려 극심한 빈곤이야말로 가장 심각한 위험이고 불안의 원인이라고 봐야 해."

"나는 그럭저럭 살아왔는데?"

"지난 며칠만 해도 우린 다음 끼니를 해결할 수 있을지 불확실했잖아. 당장 내일 굶주릴 수도 있다는 것만큼 큰 불안과 위험은 드물어. 어떤 면에서는 경쟁에서 탈락할지 모른다는 불안이나

리처드 헤이웨이 〈**시골쥐와 서울쥐의 대화**〉 1894년

외부의 위험보다 더 클 수도 있지. 네가 이런 상태를 편안하다고 느끼는 건 너무 오래 극심한 가난 속에 살아왔고, 사고방식이 길들여져 있기 때문일 거야."

"그래도 내 마음이 느끼는 게 올바른 게 아닐까?"

"편하다고 느끼는 마음이 있다고 해서 모두 올바른 건 아닐 수 있어. 마음이 현실을 속일 수 있으니까. 노예라 해도 비참한 삶에 적응하는 순간 얼마든지 편하다고 느낄 수 있거든. 일종의 노예 근성에 빠지곤 하지."

시골쥐는 난감한 표정을 지었다. 서울쥐의 이야기처럼 자신이 오랜 빈곤에 적응된 상태를 편안하다고 느끼고 있는지도 모르는 일이었다. 뚜렷하게 반박할 말을 찾지 못했다. 하지만 선뜻 친구의 말이 가슴으로 다가오지도 않았다. 여전히 얼마 전에 겪은 서울의 생활도 돌아가고 싶은 생각은 눈곱만큼도 없기 때문이었다. 풀이 죽은 목소리로 대답했다.

"그럴 수도 있겠네……. 하지만 시골의 위험을 피하자고 도시의 위험으로 스스로 걸어 들어갈 수는 없어. 눈앞의 맹수를 피하려다 더한 맹수를 만나는 꼴일 수 있으니 말이야. 무엇보다도 항상 서로를 밟고 올라서려 하는 경쟁의 불안에 떨면서 살기는 싫은걸. 여전히 차라리 시골에서 가난을 견디며 사는 게 좋다는 생각이 들어."

"나도 이제는 서울 생활로 돌아가고 싶은 마음은 아니야."

"그러면 어떻게 하자고?"

서울쥐는 한동안 침묵을 지켰다. 고개를 숙이고 곰곰이 생각에 잠겼다. 잠시 후에 다시 고개를 들어 말을 이어갔다.

"우리가 서울에서 겪는 경쟁과 불안 속의 배부름이냐, 시골에서 겪는 빈곤 속의 적응이냐 가운데 오직 하나만 선택하려 한 게 잘못이 아닐까? 비록 풍요롭지는 않지만 빈곤에 시달리지도 않는, 경쟁보다는 서로 존중하고 협력하는 삶을 너무 쉽게 포기한 건 아닐까? 아예 이참에 우리 같이 새로운 삶을 찾아 떠나보는 건 어떨까?"

"두렵기는 하지만, 어차피 서울이든 시골이든 위험은 있으니 용기를 내볼까?"

시골쥐와 서울쥐는 그날 밤에 먼 길을 갈 짐을 쌌다. 그리고 다음 날 아침 해가 산 위로 떠오를 때쯤 두려움과 설렘 모두를 품은 채 아직 겪어보지 못한 곳을 향해 길을 떠났다.

거꾸로 보는 이솝 우화

❖ 서울쥐와 시골쥐가 함께 떠난 새로운 여정은 어떻게
　이어졌을까요? 나만의 상상을 펼쳐봅시다.

❖ '경쟁과 불안 속의 배부름'이나 '빈곤 속의 적응'이라는
　현실을 바꿀 수 있는 힘은 어디서 오나요? 스스로
　결심하고 시도할 수 있는 작은 실천에는 무엇이
　있을까요?

❖ 원작이 주는 교훈을 거꾸로 읽기의 생각과 비교해
　본다면?

나에게서
세상에게

사회와 권력을 생각하는 지혜

지도자를 요구하는
개구리들

《이솝 우화》 원작에서는…

개구리들이 신에게 왕을 보내달라고 요청했다. 신은
통나무를 하나 던져주었다. 처음에는 놀랐지만 움직
이지 않자 통나무를 우습게 보고 올라갔다. 개구리들
은 무기력한 통나무에 불만을 품고 신에게 통치자를
바꿔달라고 요청했다. 신이 역정을 내며 황새를 보냈
고 개구리들을 잡아먹었다.

개구리들이 살고 있는 넓은 늪지대가 있었다. 먹을거리도 풍부했고 번식에도 적합한 환경이었기 때문에 날이 갈수록 빠르게 수가 늘어났다. 개구리 세상이라고 해도 과언이 아닐 정도로 늪 전체가 북적댔다. 처음에 십여 마리나 수십 마리 정도의 규모로 살아갈 때는 무리를 유지하는 일이 그리 어렵지 않았다. 필요한 일이 생길 때마다 바로 모여 의논하고 그에 따라 행동하면 됐다.

그런데 개구리의 수가 폭발적으로 늘어나면서 사정이 달라졌다. 매번 일이 있을 때마다 모이는 게 여간 번거로운 일이 아니었다. 개구리 전부의 생활이 걸린 중요한 일에 대해 결정할 때야 불가피하게 모두 모여야 했다. 하지만 일상적으로 벌어지는 소소한 일에 대해서는 신속하게 결정하고 무리를 이끌 지도자가 필

귀스타브 도레 〈늪의 개구리들〉 1876년

요해졌다. 이를 해결하기 위해 개구리들의 회의가 열렸다.

왕눈이 개구리가 튀어나온 눈을 끔뻑거리며 먼저 입을 열었다.

"이제는 우리도 다른 동물들처럼 지도자가 필요해! 지도자는 아주 특별하고 뛰어나야 하지. 그래야 모두 따르지 않겠어?"

뚱뚱이 개구리가 느릿느릿 앞으로 나오더니 말을 이어갔다.

"일리가 있는 말이야. 우리끼리는 누가 말을 해도 중구난방으로 다른 견해들이 튀어나오잖아. 게다가 걸핏하면 빈정대는 경우도 많지. 앞에서는 그렇게 하겠노라고 말하고 뒤돌아서서는 금방 엉뚱한 짓을 저지르기도 하고 말이야. 그러니 우리와는 다른 특별한 무언가로부터 지도자가 생겨야 해."

왕눈이 개구리가 힘을 얻은 듯 조금 너 사세한 이야기를 했다.

"그래서 하는 얘긴데 말이야. 하늘의 신에게 뛰어난 지도자를 보내달라고 요청하면 어떨까? 이 세상에 신처럼 특별한 존재는 없으니까, 신이 보내주는 지도자야말로 가장 특별하지 않을까?"

대부분의 개구리가 왕눈이의 제안이 타당하다고 여겼다. 그날부터 왕눈이를 중심으로 하여 대표로 뽑힌 몇몇 개구리들이 신에게 매일 제사를 지냈다. 지도자를 내려달라는 기원을 담은 제사였다. 신이 개구리들의 요청에 적극적으로 응답할 때까지 멈추지 않으리라는 마음으로 간절하게 기원을 올렸다.

신은 개구리들의 요청이 못마땅했다. 개구리와 같은 하찮은 동물에게 무슨 지도자가 필요한가 싶었다. 무엇보다도 그냥 지금처럼 오직 신을 경배하며 살아갈 일이지, 지도자를 가지려는 생각이 괘씸하기도 했다. 지도자가 생기는 순간 신에 대한 경배나 제물을 바치는 일에 소홀해질 게 뻔해 보였기 때문이다.

그래서 처음에는 개구리들의 기원을 못 들은 체했다. 지금은 요란하게 요청하지만 얼마 지나고 나면 지쳐서 스스로 물러서리라는 생각에 침묵을 지켰다. 하지만 날이 갈수록 귀찮아졌다. 개구리들이 매일 제사를 지내며 큰 소리로 기원을 하자 시끄러워서 잠을 깨는 일이 많아졌다.

일단 성가시게 구는 짓을 멈춰야겠다는 생각에 신은 좋은 방안을 하나 떠올렸다. 요청에 응답했다는 생색도 내고, 신에 대한 존경심도 그대로 유지하는 방안이었다. 이를 위해서는 개구리들에게 실질적인 영향을 줄 수 없는, 일종의 껍데기 같은 지도자를 보내주기로 했다. 그래서 선택한 게 큼지막한 통나무였다. 어느 날

아서 래컴 〈개구리와 통나무〉 1912년

개구리들이 모여 있는 시간에 하늘에서 통나무를 던져주었다.

통나무가 요란한 소리를 내며 늪으로 떨어졌다. 늪에서는 보기 어려운 크기의 나무가 갑자기 하늘에서 떨어졌고, 또한 늪의 바닥에 부딪히면서 엄청난 소리를 냈기 때문에 개구리들은 기겁을 하고 도망쳤다. 신이 무서운 지도자를 보냈다는 생각에 며칠 동안은 통나무 근처에 얼씬도 하지 않았다.

그런데 며칠이 지나도 통나무가 아무런 움직임도 없자 두려움도 조금씩 사라져갔다. 통나무 옆으로 다가가서도 처음 떨어질 때의 요란한 소리와는 전혀 다르게 어떤 소리도 들리지 않았다. 개구리 한 마리가 슬그머니 손을 댔는데도 아무 반응이 없자 용기가 생겼는지 조심스럽게 올라갔다. 여전히 통나무는 제자리에 있기만 할 뿐이었다. 이 과정을 주의 깊게 지켜보다 아무런 일도 벌어지지 않자 나름대로 용감한 개구리 몇 마리가 뒤를 이어 통나무 위로 올라갔다.

날이 갈수록 긴장감이 사라졌다. 아무런 위험이 없다는 점이 거듭 확인되자 너나 할 것 없이 뛰어 올라가서 쿵쿵 소리를 내며 뛰어다녔다. 나중에는 아예 어린 개구리들까지 섞여서 거리낌 없이 놀았다. 지도자는커녕 마치 동네 놀이터가 된 분위기였다. 개구리들 사이에서 발생하는 문제에 대해 어떠한 해결책을 내놓을 리도 만무했다.

다시 개구리들의 회의가 열렸고 여기저기에서 원망 섞인 목소리가 터져 나왔다. 얼굴이 긴 길쭉이가 분통을 터뜨렸다.

"아무짝에도 쓸모없는, 무기력하고 이상한 걸 하나 덜렁 던져 놓았잖아! 왕눈아, 이게 무슨 지도자니? 아이들에게까지 놀림을 받고 있는걸. 지도자라면 지배를 받는 이들에게 두려움을 줘서 무언가 가까이 다가갈 수 없는 권위를 갖고 있어야 하잖아. 신에게 제대로 요청한 게 맞기는 한 거니?"

왕눈이도 속이 상했지만 자기가 앞장서서 요청한 일이었으니 입이 열 개라도 할 말이 없었다. 게다가 늪 주변의 다른 동물들도 개구리들에게 일어난 일을 보거나 듣고는 만날 때마다 놀려대곤 했다. 조롱이 끊이지 않아서 왕눈이는 고개를 들고 다닐 수도 없을 지경이었다. 길쭉이가 분이 덜 풀린 표정으로 말을 이어갔다.

"이건 신이 우리를 완전히 무시한 처사가 아니냐고! 신이 정말 개구리를 보호하고 있는 게 맞기는 한 거야?"

신에 대한 믿음이 극진한 왕눈이로서는 비난을 듣고만 있을 수 없는 노릇이었다. 다른 때라면 신을 원망하는 말이 나오면 다른 개구리들이 신을 모독한다며 야유를 보내기 마련이었다. 하지만 이날은 분위기가 조금은 달랐다. 너무 심한 말을 하는 게 아니냐며 지적하는 목소리도 있지만 듣고만 있는 개구리도 적지 않았다. 자신에 대한 불만을 넘어서 자칫 신에 대한 불신으로까지 나아갈 수도 있는 분위기였다. 다시 한번 동료 개구리들을 설득하기 위해 앞으로 나섰다.

"우리가 모르는 심오한 뜻이 신에게 있는지도 몰라. 개구리들이 어떻게 하는지 보려고 시험을 했을 수도 있거든. 공연히 경거망동을 해서 신의 노여움을 자초하는 바보 같은 짓을 하지는 말자구! 내일부터 더 간절하게 제사를 지내고 요청하면 제대로 된 특별한 지도자를 보내줄 거야."

왕눈이의 설득에 힘입어 이날 회의에서 신에게 더 강하게 기원을 하자는 쪽으로 의견이 모아졌다. 다시 제물을 바치는 제사가 매일 이어졌다. 대신 무기력하고 아무것도 안 하는 지도자 말고, 보다 강력한 권위를 갖춰서 모두에게 두려움을 줄 수 있는 지도자를 보내 달라고 목소리를 높였다.

신은 지난번보다 더 시달려야 했다. 매일 제사 행사가 열리고, 마치 합창을 하듯 더 많은 개구리가 더 큰 소리로 기원하는 바람에 제대로 지내기도 어려울 지경이었다. 피곤한 것도 문제지만 무엇보다도 기분이 영 엉망이기도 했다. 통나무를 던져준 것을 놓고 개구리들이 신에 대한 원망을 쏟아낸 것을 보았기 때문이다.

마음에 들지 않는다고 해서 신을 모욕하는 말을 뱉다니, 괘씸하기 짝이 없었다. 하찮은 개구리 주제에 감히 신에게 불만을 터뜨린다는 게 용납이 되지 않았다. 신은 이번 기회에 따끔한 맛을 보여주기로 작정했다. 마침 두려움을 줄 수 있을 만큼의 강력한 지도자를 보내달라고 했으니 잘됐다 싶었다. 진짜 무서워서 벌벌 떨 수 있도록 개구리들에게 새로운 지도자로 황새를 보냈다.

귀스타브 도레 〈**신에게 기원하는 개구리들**〉 1876년

개구리들은 황새를 보자 그럴듯한 지도자가 왔다고 반겼다. 일단 여기저기 걷는 모습이 가만히 한곳에 있기만 하던 통나무와 달랐다. 게다가 지도자로서의 위풍당당함이 풍겼다. 통나무처럼 늪으로 뚝 떨어지는 게 아니라 우아한 모습으로 하늘에서 내려와 개구리들의 머리 위를 한 바퀴 빙 돈 다음에 가뿐하게 발을 디뎠다. 몸에서 풍기는 분위기도 남달랐다. 땅에 찰싹 붙어 있는 개구리와 달리 길게 쭉 뻗은 다리로 성큼성큼 걷는 모습에서 권위가 느껴졌다. 긴 목을 내밀어 개구리들을 내려다보는 날카로운 시선에서 지도자로서의 위엄도 느껴졌다.

개구리 몇 마리가 황새이 다리 아래로 나가선 후 존경스러운 눈초리로 올려다보는 순간 갑자기 길고 날카로운 부리로 한 마리를 잡아챘다. 순식간에 벌어진 일이라 개구리들은 무슨 일이

닥치고 있는지 분간할 수 없었다. 황새가 부리로 들어 올린 개구리를 통째로 꿀꺽 삼켰다. 황새는 다시 한 발을 옮기더니 다른 개구리를 같은 방식으로 집어삼켰다.

그제야 무슨 일이 벌어지고 있는지를 알게 되었다. 황새가 무차별적으로 개구리를 잡아먹는 것이었다. 날카로운 비명을 지르며 도망치기 시작했다. 하지만 황새는 긴 발을 성큼성큼 내딛으며 몇 마리의 개구리를 더 잡아먹었다. 평화로웠던 늪이 아주 짧은 시간에 끔찍한 지옥의 한 장면처럼 변해버렸다.

그로부터 몇 달 동안 늪은 공포의 현장이었다. 무성하게 자라난 풀숲에 몸을 숨기고 있어도 황새는 귀신같이 찾아내어 부리로 집어 올려 먹어 치웠다. 점차 개구리들이 황새의 공격을 피해 정든 늪을 등지고 다른 지역으로 도망갔다. 뿔뿔이 흩어져서 늪에서 더 이상 개구리를 잡아먹을 수 없게 되고 나서야 황새는 다른 곳으로 떠났다.

황새의 무시무시한 모습을 늪에서 볼 수 없게 되자 도망갔던 개구리들이 하나둘씩 돌아오기 시작했다. 어느 정도 무리가 모이자 다시 회의가 열렸다. 왕눈이가 다시 신에게 조금은 덜 무서운 지도자를 보내달라고 요청하자는 제안을 내놓았지만 이번에는 반대가 더 많았다. 길쭉이가 다시 나서서 왕눈이를 신랄하게 비판했다.

"왕눈아, 너는 도대체 정신이 있는 거니? 지난번에 그렇게 당

귀스타브 도레 〈개구리와 황새〉 1868년

하고도 같은 얘기를 하니 말이야. 우리의 일을 신에게 맡길 때 어떤 일이 벌어지는지를 이미 확인했잖아."

몸집도 크고 우락부락하게 생긴 힘쎈이도 한마디 거들었다.

"애초에 우리 일을 신에게 맡기려는 생각이 잘못이야! 개구리 일은 개구리들이 직접 해결해야지. 지도자가 필요하면 개구리 중에서 나오면 될 일이야!"

왕눈이가 의아스러워하는 눈빛으로 물었다.

"신에게 지도자를 요청한 이유가 무엇이었는지를 잊었니? 개구리 가운데 누군가가 지도자를 자처하면 제대로 권위가 서지 않잖아. 다른 개구리들이 지도자를 우습게 보고 저마다 자기가 하고 싶은 대로 행동해서 질서가 잡힐 리가 없거든. 그래서 특별한 존재인 신에게 특별한 지도자를 보내달라고 요청했고. 힘쎈이 말대로 하면 우리 개구리 세상에 계속 혼란만 있게 될 텐데, 그래도 괜찮아?"

다들 둘 다 일리 있는 말이라는 눈치였다. 이러지도 못하고 저러지도 못할 상황이라며 고심하고 있을 때, 다시 힘쎈이가 앞으로 나서며 말문을 열었다.

"지도자에게 권위가 없으면 질서가 잡히지 않을 게 분명하긴 해. 하지만 신의 권위는 통나무처럼 실질적인 도움을 주지 못하거나, 아니면 황새처럼 일방적인 희생이나 공포만을 안겨주는 식이라서 더 이상은 안 돼! 개구리 중에서 지도자가 나오되, 다른 식으로 권위를 인정받아야지.”

“그게 뭔데?”

“권위는 자기 마음대로 하면 안 된다는 두려움이 있을 때 생길수 있어. 두려움은 오직 힘으로부터 나오기 마련이고. 그러니까개구리 중에서 힘이 가장 센 내가 지도자가 되는 게 어떻겠니?너희들도 잘 알다시피 내가 몸집도 가장 크고, 씨름을 하면 한 손으로 다른 개구리를 들어 올려 내던질 정도로 강하잖아.”

늘 조용하고 소극적이기도 한 얌전이가 눈치를 보며 작은 목소리로 물었다.

“힘쎈아, 네가 지도자가 되면 그 힘으로 무얼 할 건데?”

“규칙에 복종하지 않는 개구리들을 처벌하는 데 사용해야지!

“규칙은 누가 정하는데?”

“당연히 지도자가 정하지! 그래서 지도자가 필요한 게 아니겠어?”

“지도자가 옳다고 생각하는 게 규칙이 되네? 그걸 어기면 처벌을 당하고. 어떤 경우에는 네가 기분이 나쁘거나 하면 영향을 줄수도 있는 거 아니야?”

“그러니까 나처럼 강한 개구리가 지도자가 돼야지. 지도자가강해야 강한 쪽으로 결정을 히고, 우리 모두노 강해질 수 있으니까. 물론 감정이 없지는 않겠지만 지도자의 판단을 믿어야지. 항상 지도자를 잘 받들어야 해.”

귀스타브 도레 〈**개구리들의 회의**〉 1876년

"그게 뭐야! 네 말대로라면 개구리 모습을 한 황새에 불과하잖아. 겉모양만 다를 뿐 제 마음대로 힘을 휘두르고, 해를 입힐 수도 있으니 말이야. 우리 손으로 무시무시한 황새를 다시 불러들이는 멍청한 짓을 하는 거네."

다른 개구리들도 이미 황새의 일방적인 힘과 폭력을 직접 경험한 직후여서 힘쎈이의 주장이 터무니없다고 여겼다. 여기저기에서 여러 개구리가 비난을 쏟아냈다.

"힘쎈아, 너에게만 유리한 얘기잖아!"

"개구리 세상이 저 혼자를 위한 것이라니?"

"지난번에 너에게 맞은 일도 분한데, 계속 그런 일을 당하라고? 싫다 싫어!"

"그만 떠들고 이제 자리에 앉아라!"

거꾸로 보는 이솝 우화

잠시 회의장이 고함으로 시끌벅적해졌다. 한바탕 소란이 지나간 후 개구리들은 다시 지도자를 어떻게 세워야 하는지를 놓고 고심했다. 좋은 생각이 잘 떠오르지 않자 얌전이가 참신한 생각을 곧잘 꺼내놓던 똑똑이에게 새로운 대안이 없겠느냐며 물었다. 평소에 여행을 좋아해서 늪을 벗어나 이곳저곳을 다녔기에 다른 동물들의 지혜를 소개하곤 했다. 똑똑이가 조심스럽게 자신의 생각을 밝혔다.

　"지도자에게 권위가 있어야 한다는 건 분명해. 오랜 기간 그 권위를 신에게서 찾았지. 하지만 신은 개구리가 아니어서 직접 실질적인 도움을 주지는 못해. 사자나 늑대와 같이 자기 몸집과 비슷하거나 큰 상대를 사냥하는 동물은 적은 수의 무리 중에서 가장 힘이 강한 자가 지도자가 돼. 하지만 부당한 명령이어도 일방적으로 복종해야 하니까 문제가 있어. 큰 무리를 이루고 사는 우리에게 적합한 권위가 무엇인지를 생각해볼 필요가 있어."

　얌전이가 가만히 듣고 있다가 말이 길어져서 답답한지 대답을 보챘다.

　"네 말은 좀 어려워. 어떻게 하자는 건지 간단하게 결론을 얘기해주면 안 되겠니?"

　"지도자의 권위는 결국 다른 개구리들이 우습게 여기거나 쉽게 어기지 않는 거 아니겠어? 그래야 질서가 유지되니까 말이야."

　"그렇겠지. 무리가 커지고 질서가 필요해져서 지도자를 세우자는 얘기니까.”

“이를 위해서 질서를 어기는 행위를 하는 걸 두려워하고, 두려움을 주려면 힘이 필요하다는 거지?”

“자꾸 답답하게 뜸만 들일래? 맞아, 맞다구! 그래서 어떻게 하자는 건데?”

“두려움이 꼭 특별한 한 마리 개구리의 힘에서만 나오는 건 아니거든. 다수의 뜻이 더 큰 두려움이나 힘이 될 수도 있어. 우리는 대부분 다수의 개구리에게 비난을 받거나 고립되는 상황을 매우 두려워하잖아. 만약 어떤 규칙이 필요한지를 우리가 의논한 후에 손을 들어 정하면 다수의 뜻이 되는 게 아니겠어? 그 규칙 아래에서 지도자가 평소에 필요한 일을 정하면 될 테고. 지도자도 모두가 손을 들어 뽑으면 다수의 뜻이 모아지고.”

“모두가 참여해서 규칙을 정하고, 지도자도 직접 뽑고, 또 지도자가 우리가 정한 규칙에 따르도록 하자는 얘기네.”

“그래. 규칙을 어기면 다수의 뜻에 따라 처벌을 받으니 두려움을 가질 테고, 또한 자기 힘만 믿고 일방적으로 폭력을 일삼는 악랄한 지도자도 막을 수 있으니 좋지 않을까?”

대부분의 개구리는 자기들에게 규칙을 정하고, 지도자를 뽑는 권한이 생긴다고 하니 반대할 이유가 없었다. 황새와 같은 무시무시한 지도자도 막을 수 있을 듯해서 안심도 됐다. 여전히 신에 의지하자는 왕눈이와 자기 힘을 믿는 힘쎈이가 불만스러운 표정을 짓기는 했지만 대체로 수긍하는 분위기였다. 왕눈이가 고개를 갸우뚱하며 미심쩍은 목소리로 물었다.

"똑똑아, 그렇게 뽑은 지도자가 무능하면 어떡해? 또 뽑힌 다음에 마음이 바뀌어서 거친 폭력을 일삼으면 어찌할 건데? 다음번에 다시 뽑을 때까지 오랜 기간 피해를 보거나 괴롭힘을 당해야 하잖아."

"다음번에 뽑기 전이라 해도 무능하거나 약속을 어기면 지금처럼 회의를 열어서 끌어내리면 되지 뭐. 어차피 주인은 우리 모두고, 지도자는 필요에 따라 일시적으로 일을 맡긴 데 불과하니까 말이야."

똑똑이의 제안에 찬성하는지를 모든 개구리에게 물었다. 몇몇을 빼놓고는 대다수가 좋은 생각이라며 손을 번쩍 들었다. 며칠 후에 다시 모여 먼저 규칙을 정하기로 했다. 그다음에 지도자도 뽑기로 했다. 개구리들은 자리에서 일어나 집으로 가면서 어떤 규칙이 필요한지, 지도자로는 누가 적합한지에 대해 이야기를 나누었다. 황새의 비극 이후로 모두 줄곧 슬프고 어두운 표정이었다. 하지만 새로운 질서를 직접 만들 생각에 모처럼 늪의 개구리 세상에 활기가 돌았다.

✤ 한때는 특정 가문에서 태어난 개인을 지도자로 세우는
  신분제도가 있었습니다. 지금은 모든 구성원의
  동등한 선택권이 행사되는 민주적인 선출 방식을
  따릅니다. 내가 만약 개구리 무리에 속해 있다면 어떤
  방법으로 지도자를 세우자고 제안하고 싶나요?

✤ 삶의 여러 사안을 스스로 책임감 있게 잘 선택하려면
  어떤 능력을 가꿔야 할까요?

✤ 원작이 주는 교훈을 거꾸로 읽기의 생각과 비교해
  본다면?

늑대가 왔다고
거짓말하는 양치기

《이솝 우화》 원작에서는...

어떤 마을의 양치기가 장난삼아 늑대가 온다며 사람
들에게 도와달라고 외쳤다. 재미가 들린 양치기는 몇
차례 더 거짓말을 했다. 사람들은 다급하게 달려갔다
가 헛수고를 해야 했다. 어느 날 정말로 늑대 무리가
나타났다. 양치기는 도와달라고 소리쳤다. 하지만 사
람들은 다시 거짓말을 하는 줄 알고 신경 쓰지 않았다.
복동은 자신의 양 떼 모두를 잃고 말았다.

"늑대가 나타났다!"

마을 사람들에게 다급한 외침이 들렸다. 마을 밖으로 양과 함께 나갔던 양치기가 외치는 소리였다. 헐레벌떡 마을로 뛰어 들어오며 위급한 상황임을 알렸다.

"늑대가 나타났대요."

"빨리 피하고 가축우리 문을 닫아요!"

양치기의 경고를 들은 후에 급하게 서로에게 위험을 알리고 신속하게 문단속을 했다. 어린아이들이 바깥으로 나가지 못하도록 했다. 또한 양을 기르는 우리의 문을 단단히 걸어 잠갔다. 성인 남자들은 곡괭이나 나무 막대기처럼 무기가 될 만한 도구들을 들고 늑대의 공격에 대비하여 집을 지켰다.

양치기도 양들을 우리에 넣어둔 후에 집으로 들어갔다. 그런데 잔뜩 긴장해서 아이들과 가축을 지키는 마을 사람들과 달리, 집 안에 혼자 있게 되자 느긋하게 의자에 앉아 쉬었다. 양치기가 여유로운 표정을 짓는 데는 다 이유가 있었다. 늑대가 나타났다는 말이 스스로 꾸며낸 거짓이었기 때문이다. 자기가 한 거짓말이니 두려워할 이유도 없었다.

지난 몇 년 동안 양치기는 서너 달에 한 번씩 늑대가 나타났다는 거짓말을 하고 있는 중이었다. 평소에 양을 데리고 마을 밖의 풀밭으로 나갔다. 그러다가 때가 오면 급하게 양을 몰아 마을로 달려오면서 늑대가 온다는 거짓말을 했다. 오늘도 사람들을 속여 온통 놀라게 하고 자기 집으로 들어온 터였다. 잠시 앉아서 쉬고 있자 누군가 문을 열고 조심스럽게 들어오는 소리가 들렸다.

"이보게, 아무 일 없었지?"

지난 십여 년 동안 사람들이 의지하고 따르는 왕이 몰래 들어온 것이었다. 강력한 지도력을 갖추었다며 꽤 인기가 있는 왕이었다. 그가 집으로 들어오자 양치기는 얼른 자리에서 일어나 공손한 자세로 머리를 숙여 인사했다.

"그럼요! 시키시는 대로 잘 했습죠."

"의심받지 않도록 잘 했겠지?"

"당연하죠. 다른 때와 마찬가지로 제 말을 철석같이 믿고말고요. 모두들 지금 집에서 아이와 양을 지키느라 정신이 없는 걸요."

장 바티스트 오드리 **〈양치기와 양〉** 1750년경

"잘했네. 앞으로도 몇 달에 한 번 내가 지시할 때마다 오늘같이 하면 돼!"

그동안 양치기는 왕의 지시로 거짓말을 해왔다. 몇 년 전 어느 날 양치기에게 은밀하게 시킨 일이었다. 대신 양치기에게 넉넉한 돈을 주었고, 어려운 일이 생길 때마다 도움을 주겠다는 약속도 했다. 마을 사람들에게는 철저히 비밀을 지키라는 당부를 여러 차례 강조했다. 양치기에게만 특별하게 시키는 일이니 자부심을 갖고 하라는 말도 잊지 않았다.

양치기는 왕이 시킨 일이니 나름의 필요가 있겠거니 생각하고 따랐다. 게다가 매번 두둑하게 돈까지 챙겨주니 거리낄 필요가 없었다. 처음에 늑대가 왔다고 거짓 경고를 할 때는 솔직히 겁이 나기도 했다. 하지만 막상 자기가 한 거짓말에 모두가 허둥지둥대는 꼴을 보니 한편으로 재미있기도 했다. 나이가 훨씬 많은 노인들조차 자기 말에 기겁을 하고 따르는 모습을 보며 어깨가 으쓱해지는 기분도 들었다. 물론 사람들이 양치기의 경고에 따르는 데는 왕의 도움도 컸다.

왕은 마을 모임이 있을 때면 멀리 있는 어떤 마을에서 과거에 벌어진 끔찍한 불행에 대해 자주 말했다. 그 마을에 어느 날 늑대들이 들이닥쳐 큰 피해를 봤다는 말이있다. 물론 이 이야기도 왕이 꾸며낸 내용이었다. 본래 산속 깊숙한 숲에 살던 늑대들이 먹이가 줄어들어 굶주리게 되자 사람들이 사는 마을까지 내려왔다

장 바티스트 오드리 〈늑대와 양〉 1750년경

는 것이다. 미리 대비하지 못한 마을 사람들은 늑대에게 큰 피해를 보았다고 했다.

왕이 전한 말에 의하면 늑대들은 양을 넣어둔 우리까지 들어가 잡아먹었다. 날카로운 이빨로 눈에 띄는 양을 닥치는 대로 죽였다. 마을의 우리마다 죽은 양의 시체가 널려 있었고 시뻘건 피가 온통 흥건했다. 심지어 미처 피하지 못한 어린아이 몇 명도 늑대에게 물려 목숨을 잃거나 크게 다쳤다는 이야기였다.

왕은 언제 닥칠지 모르는 위험에 미리 대비하지 못하면 이 마을도 같은 꼴을 당하게 될 것이라고 했다. 마을 사람들은 왕에게서 무서운 이야기를 들으면서 두려움에 몸을 떨었다. 사람들이 어떡하면 그런 화를 당하지 않을 수 있느냐고 물었다. 왕은 양치기가 거의 매일 마을 바깥으로 나가니 늑대가 오는지 감시하는데 적합하다고 했다. 양치기가 늑대를 발견하는 대로 바로 마을로 달려와서 경고를 할 테니 모두 집으로 피하고 양을 우리에 넣은 후에 잘 지키라고 했다.

왕이 전한 이야기 덕분에 양치기가 늑대를 봤다고 하면 사람들은 신속하게 움직였다. 오늘도 다른 때와 마찬가지로 그럴듯하게 거짓말을 했고 잘 속아 넘어갔다. 처음 몇 번은 나름대로 자신의 거짓말에 모두가 우왕좌왕하는 모습이 재미있었지만 조금씩 의문이 생기기도 했다. 실제로는 단 한 번도 늑대 무리가 몰려온 적이 없는 데도 계속 공포에 떨게 만들 필요가 있을까 하는 의문이었다.

나아가서는 어릴 때부터 보아왔던 사람들을 자꾸 속이는 기분이 들어서 약간 꺼림칙하기도 했다. 의문도 생기고 조금씩 개운하지 않은 감정도 있던 차에 왕을 만난 것이었다. 양치기는 몇 달 만에 왕을 본 김에 조심스럽게 질문을 했다.

"앞으로도 계속 늑대가 왔다는 거짓말을 해야 하나요?"

"당연히 그래야지!"

"하지만 그게……."

"왜 그러는데? 이제 내 말을 따르기 싫은가?"

"저야, 돈도 생기고 하니 좋기는 하죠. 하지만 어쩔 때는 제 거짓말에 사람들이 너무 두려워해서 좀 미안한 마음도 들거든요."

"미안해하지 않아도 돼! 우리 모두를 위한 일이거든."

"사람들을 위한 일이라고요? 공포에 시달리는데요?"

"바로 그거야! 나라가 잘 움직이려면 공포가 꼭 필요해."

"저는 아직 이해가 잘 안 되는뎁쇼. 늑대 무리가 언제든지 몰려올 수 있다는 두려움은 사람들 사이에 불안을 만들어낼 뿐이잖아요. 그러면 나라도 불안해지는 거 아닌가요? 오히려 나라가 잘 움직이는 걸 방해하지 않나요?"

"하나만 알고 둘은 모르는 얘기네."

"무얼 모른다는 말씀이신지……."

"늑대들이 몰려온다고 하면 사람들이 어떤 행동을 하지?"

아서 래컴 **〈도망가는 사람들〉** 1912년

"당연히 무서워서 집으로 도망가지요."

"무섭고 두려우면 누구를 찾게 될까?"

"자신들을 지켜줄 수 있는 강한 무언가에 의존하려는 마음이 생기겠죠."

"외부의 위험 때문에 공포를 갖게 되면, 자연스럽게 사람들은 내부에서 강한 무언가를 찾아 의존하겠지?"

"당연하죠!"

"나라 안에서 무엇이 강할까?"

"아무래도 나라를 움직이는 데 필요한 돈과 힘을 쥐고 있는 왕이나 정부가 제일 강하지 않을까요?"

"이제 답에 도달했네. 무시무시한 외부의 직이 주는 위험이 심각하다고 느낄수록 사람들은 왕에게 의존하려는 마음을 갖게 되지. 왕에게 더 많은 권한을 주려 해. 왕이 강해질수록 나라가 안정되거든. 비록 늑대가 온다는 거짓말이지만, 사람들의 불안을 이용해 나라를 안정시키는 일이니 모두에게 이익이 아니겠나."

"네……."

양치기는 왕의 말이 그럴듯하다고 느꼈다. 여전히 대부분의 사람을 속인다는 찜찜한 마음이 있기는 했다. 하지만 속여야 통치가 잘 된다고 하니, 그런가보다라며 고개를 끄덕였다. 어쨌든 자신에게 이익도 생기는 일이니 이래저래 굳이 싫다고 할 마음은 없었다. 앞으로도 늑대라는 속임수를 잘 퍼뜨리겠다는 양치기의 다짐을 듣고 왕은 돌아갔다.

이후 몇 달 동안 양치기는 평소와 다름없이 지냈다. 아침이면 양 떼를 이끌고 마을 근처의 풀밭으로 나갔다. 하루 종일 양들은 평화롭게 풀을 뜯어 먹었다. 본래 근처에 늑대도 없으니 큰 신경 쓸 일 없이 여유로운 시간을 보내다 저녁이면 마을로 돌아오곤 했다. 이대로 편하게 지내다가 몇 달 후에 왕으로부터 지시가 오면 다시 늑대를 들먹이며 거짓말을 하면 될 일이었다.

문제는 다른 데서 생겨나고 있었다. 마을 사람들 가운데 일부가 얼마 전부터 의심을 갖기 시작했다. 처음에 양치기가 늑대가 나타났다고 다급하게 알릴 때만 해도 아무도 의심하는 사람이 없었다. 왕까지 나서서 멀리 있는 어떤 마을에서 늑대들에게 당한 이야기로 거드는 바람에 더욱 다른 생각을 할 여지가 없었다.

하지만 몇 년째 실제로 늑대가 나타나 가축이나 사람들을 공격한 적이 없자 의심이 자라났다. 늑대 무리는커녕 늑대 한 마리의 그림자조차 본 적이 없었다. 심지어 가장 멀리까지 양 떼를 데리고 나가는 양치기의 양들 중에도 늑대에게 해를 당한 적이 전혀 없었다. 사정이 이러하니 혹시 양치기에게 속고 있는 것은 아닌지 의혹의 눈초리를 보내는 청년이 몇 명 생겨났다.

초기에는 지나가는 말투로 투덜거리다가 점차 이야깃거리로 바뀌었다. 몇몇 청년이 양치기의 말이 거짓일 수 있는 이유를 내놓았다. 그동안 늑대로부터 피해가 없었던 사실만 문제는 아니었다. 그 많은 마을 사람 중에 양치기 말고는 아무도 늑대를 본 적이 없는 것도 너무나 이상하다는 말이 나왔다.

양치기의 태도도 도마 위에 올랐다. 가끔 늑대가 왔다고 소리 지르며 마을로 뛰어올 때는 분명 두려워하는 표정이었다. 하지만 다음 날부터는 그 누구보다 편안한 모습으로 지냈다. 마을에서 가장 멀리 떨어진 숲까지 양을 몰고 가면서도 평화스러운 분위기였다. 몇 달에 한 번씩 늑대와 마주친 사람이라면 당연히 밖으로 나가는 행위 자체를 꺼리기 마련인데, 전혀 다른 양치기의 태도가 의문이라는 말이 나왔다.

나중에는 의혹만 늘어놓지 말고 양치기의 말이 진실인지 거짓인지를 직접 확인해보자는 이야기기 니왔다. 두어 날 후에 몰래 양치기의 뒤를 따라가 보자고 했다. 양치기가 돌아오는 길목에 숨어서 어떤 일이 벌어지는지를 보자는 것이었다. 그렇게 며칠을 양치기 모르게 뒤를 밟으며 행동을 살폈다.

다시 왕의 지시가 내려온 다음 날 양치기는 근처 숲으로 나갔다가 다른 날보다 일찍 마을로 돌아왔다. 천천히 걸어오다가 마을의 집들이 보이는 위치에 도착했다. 이 모습을 몇몇 사람이 마을 쪽의 언덕 밑에 숨어서 지켜보고 있었다. 그런데 양치기가 느닷없이 양들을 달리도록 재촉하더니 자기도 전력을 다해 달리기 시작했다. 동시에 마을을 향해 큰 소리로 외쳤다.

"늑대가 나타났다!"

숨어서 이 광경을 보던 사람들은 어이가 없었다. 아무리 눈을 씻고 살펴봐도 늑대의 그림자도 없었기 때문이었다. 그저 평화롭기만 한 분위기로 천천히 걷던 양치기가 마을 근처에서 갑자기 미친놈처럼 소리를 지르며 달릴 뿐이었다.

언덕 아래로까지 달려온 양치기는 예상치 않게 몇몇 마을 사람이 보이자 상당히 당황스러워하는 표정을 지었다. 하지만 곧 이들에게도 늑대가 몰려오니 빨리 피하라고 외쳤다. 전체 과정을 본 이들로서는 양치기의 행위에 할 말을 잃었다. 너무나 어처구니가 없어서 먼저 차가운 콧방귀가 튀어나올 뿐이었다.

청년들은 마을로 돌아가자마자 마을 사람들에게 자신이 본 장면을 있는 그대로 전했다. 지금까지 양치기의 말이 새빨간 거짓이었음을 모두가 알게 되었다. 분노에 가득 찬 사람들이 양치기의 집으로 몰려들었다. 거짓이 몽땅 탄로 났음을 알게 된 양치기

존 테니얼 〈양치기와 사람들〉 1848년

는 겁이 나서 문을 닫고 집에서 나오지 않았다.

그렇다고 해서 분노가 멈출 리는 없었다. 여러 사람이 문을 부수고 들어가 양치기를 광장으로 끌고 나왔다. 양치기는 이러다 분노한 마을 사람들에게 맞아 죽을 수도 있겠다는 두려움이 몰려왔다. 무릎 꿇고 두 손을 싹싹 비비며 잘못했다고 사정해도 터져 나오는 분노가 줄어들 줄 몰랐다. 이제는 다른 수가 없다고 여긴 양치기는 사실 왕이 시켜서 어쩔 수 없이 한 행위라고 변명을 했다.

사실을 밝히며 눈물로 호소했지만 몇 년 동안 속은 사람들은 그 변명조차 믿지 않았다. 양치기의 어떤 말도 믿을 생각이 없었다. 모두의 뜻을 모아 그날 바로 양치기를 마을에서 쫓아냈다. 다시 마을로 돌아오면 목숨을 유지하기 어려울 테니 아예 꿈도 꾸지 말라는 강력한 경고와 함께 강제로 마을에서 내보냈다. 양치기는 이후 자신의 고향인 마을로 돌아올 수 없었다. 비참한 떠돌이 생활을 해야 했다.

얼마 지난 후에 왕이 거짓말을 하도록 시켰다는 양치기의 말을 떠올리고 왕을 의심하는 사람들이 늘어났다. 양치기는 깃털에 불과하고 진짜 몸통은 왕이라는 소문이 마을에 퍼져나갔다. 왕은 터무니없는 모함이라며 펄쩍 뛰었다. 양치기를 이제껏 단한 번도 따로 만난 적이 없다는 말도 덧붙였다. 조사 결과 양치기의 개인적 일탈 행위였음이 명백하게 밝혀졌다고 했다. 양치기를 자신에게 데려왔으면 추방보다도 훨씬 끔찍한 처벌을 내렸을 것이라며 큰소리를 떵떵 쳤다. 오히려 이날 이후 왕이 배후였다고 말하는 사람이 있으면 누구든 강력한 처벌을 받게 될 것이라며 살벌한 협박을 했다.

❖ 내가 양치기라면 왕의 지시에 어떻게 대처하는 것이
  최선이라고 생각하나요?

❖ 역사적으로 민중을 속인 양치기와 왕을 찾아본다면
  누가 있을까요?

❖ 원작이 주는 교훈을 거꾸로 읽기의 생각과 비교해
  본다면?

고양이 목에
방울 달기

《이솝 우화》 원작에서는…

많은 수의 쥐가 사는 집에 고양이 한 마리가 나타났다.
며칠 사이에 수많은 쥐가 목숨을 잃었다. 쥐들의 회의
가 열렸다. 한 쥐가 고양이 목에 방울을 달면 미리 피
할 수 있다고 했다. 모두들 좋은 생각이라고 반겼다.
하지만 누가 목숨을 내놓고 그 일을 하겠느냐고 묻자
나서는 쥐가 하나도 없었다. 결국 고양이 목에 방울
달기는 조롱 대상이 되었고, 아무 방안도 마련하지 못
하고 회의는 끝났다. 인간은 본래 이기적이기 때문에
개인 희생을 통해 외부 침입으로부터 공동체를 지키
거나 모두의 이익을 실현하는 일은 허무맹랑한 생각
에 불과하다는 교훈을 전한다.

#이타심 #희생 #공동체
#자유는_거저_주어지지_않는다Freedom is not free

몇 대에 걸쳐 소문난 부잣집에 많은 쥐가 살고 있었다. 일 년 내내 창고에 각종 곡식이 가득했다. 주인조차 얼마나 많은 곡식이 있는지 제대로 모를 정도였다. 게다가 곡식은 재산의 아주 일부일 뿐이어서 주인은 창고 관리에 별 신경을 쓰지 않았다. 이래저래 쥐들이 먹고살기에 적합한 조건이어서 꽤 많은 수의 쥐가 창고에 살았다.

그러던 어느 날 전혀 예상하지 못하던 비상사태가 벌어졌다. 어디선가 커다란 몸집의 고양이 한 마리가 나타난 것이었다. 더군다나 굉장히 사납고 민첩한 몸놀림을 자랑하는 고양이여서 쥐들로서는 최악의 상대였다. 수십 년 동안 평화로운 시절을 보내던 쥐들을 위협하는 가장 심각한 사태가 생겼다.

처음에는 대부분의 쥐가 얼마나 심각한 문제인지 제대로 느끼지 못했다. 오랜 기간 큰 위험을 겪어본 경우가 없어서인지 그저 그런 일 정도로 생각했다. 하지만 단 며칠 사이에 난리가 났다. 매일 서너 마리가 잡아먹혔다. 고양이를 보는 순간 잽싸게 도망치려 했지만 순식간에 앞을 가로막고 날카로운 발톱과 이빨로 숨통을 끊어버렸다. 예상했던 것보다 훨씬 무시무시한 놈이었다.

며칠 만에 십여 마리가 고양이에게 처참하게 죽임을 당하자 엄청난 공포가 퍼졌다. 고양이의 위협을 해결하지 않고는 이 집에서 생존하기 어렵다는 위기감이 지배했다. 해결책을 마련하기 위해 긴급하게 전체 쥐가 참여하는 회의가 열렸다.

가장 나이가 많은 노인 쥐가 사회자가 되었고, 회의를 열게 된 이유를 설명했다.

"벌써 십여 마리의 동료 쥐가 죽었소. 이러다가는 몇 달이 지나지 않아 살아남은 쥐가 얼마 남지 않을 정도요. 오늘 회의에서 빨리 대책을 마련합시다."

회의장에 긴장된 분위기가 감돌았다. 노인 쥐의 호소가 아니어도 회의장에 모인 누구라도 얼마나 큰 위기인지를 잘 알고 있기 때문이었다. 당장 가족 가운데 고양이에게 희생당한 쥐도 꽤 있어서 심상치 않은 표정이있다. 평소에 겁이 많은 소심이 쥐가 머뭇거리다 먼저 말을 꺼냈다.

"너무나 무서워서 여기에서는 도저히 못 살겠어요. 우리 모두

귀스타브 도레 〈쥐들의 회의〉 1880년

다른 데로 떠나는 게 어때요?”

　다른 쥐들이 눈이 동그래져서 물었다.

“이 집을 포기하고 다른 데로 도망가자고?”

“네, 맞아요. 제 친구가 공격당하는 걸 보았는데, 지금도 다리가 떨려요. 눈 깜짝할 사이에 달려들어 냅다 목덜미를 물어뜯더라고요. 어휴, 얼마나 무서운 놈인지…….”

　말도 되지 않는 소리 하지 말라는 이야기가 곳곳에서 쏟아져 나왔다.

“고양이가 이 집에만 있는 것도 아니고, 그러면 다른 집으로 옮겼는데 고양이가 있으면 다시 도망을 가야겠네? 그러다가는 우리 모두가 매일 떠돌아다녀야 하는 비참한 신세가 되고 말 거야!”

“겁쟁이 같으니라고.”

“소심아! 너 혼자 떠나!”

　다른 데로 도망가자는 소심이의 제안에 반대하거나 조롱하는 목소리가 커졌다. 말이 많기로 유명한 덜렁이 쥐가 용기를 내서 말을 꺼냈다.

“고양이는 한 마리고, 우리는 여럿이니까 싸우는 게 어떨까요? 까짓것 여러 마리가 달려들면 자기가 어떻게 하겠어요?”

　회의장 분위기가 썰렁해졌다. 씁쓸한 표정으로 바라보는 쥐들도 있었다. 노인 쥐가 나서서 점잖게 타이르듯이 대답했다.

“이보게, 자네는 아직 한 번도 고양이를 본 적이 없지?”

"말로만 들었지, 본 적은 없지요."

"우리가 상대할 수 있는 놈이 아니네."

"그래도 우리 가운데는 힘을 깨나 쓰는 친구들도 있잖아요. 싸워보지도 않고 포기하는 것은 좀 비겁하지 않나요? 우리가 고양이를 이 집에서 쫓아내자고요!"

"자네 용기가 가상하기는 하네만, 그건 용기보다는 무모한 착각에 가까워. 괜히 천적이라는 말이 생겼겠나. 여러 마리가 달려들어도 날카로운 발톱과 이빨을 가진 데다, 우리보다 훨씬 크고 빠른 고양이를 당할 수는 없는 노릇이라네. 오히려 우리의 멸망을 자초하는 꼴이 될 거야."

대부분의 쥐가 노인 쥐의 말에 고개를 끄덕였다. 덜렁이가 아직 어리고 경험도 없어서 꺼낸 철없는 말이라는 식이었다. 뚜렷한 대책이 떠오르지 않는지 회의장에는 한동안 웅성거리는 소리가 떠나지 않았다. 아까부터 골똘히 생각에 잠겨 있던 꾀돌이 쥐가 머리를 긁적이며 일어났다.

"그럴듯한 생각이 하나 있기는 한데 말입니다."

"뭔데 그러나?"

"위험이 닥칠 때마다 도망을 갈 수는 없는 노릇이고, 그렇다고 해서 맞서 싸울 수도 없는 처지니 방법은 하나밖에 없지요. 우리가 고양이에게 붙잡히지 않도록 할 방법을 찾아내면 되지 않을까요? 고양이가 다가오고 있는 걸 미리 알아서 제때 쥐구멍으로 도망치면, 제아무리 사나워도 모두 무사할 수 있을 테니 말입니다."

"꽤 괜찮은 생각인 것 같네. 문제는 그 방법이 무엇이냐 하는 게 아니겠나? 자네는 꾀가 많으니 어디 한번 좋은 방법을 말해보게."

"고양이는 어두운 밤에도 주변을 훤히 보고, 워낙 날랜 몸놀림을 갖고 있어서 일단 눈에 띄면 피하기 어려워요. 무엇보다도 그놈 앞에 서면 오금이 저려서 제대로 움직이지도 못하다가 꼼짝없이 당하고 말죠. 그러니 놈이 다가오는 걸 소리로 눈치채는 방법밖에 없을 듯해요."

"기다리다 숨넘어가겠네. 그러니까 방법이 뭐냐구?"

"고양이 목에 방울을 다는 겁니다. 방울은 흔들면 소리가 나잖아요. 고양이가 움직일 때마다 방울에서 소리가 들리겠죠? 소리가 나는 순간 우리는 고양이의 손길이 미치지 않는 쥐구멍으로 잽싸게 달아나는 거예요. 자, 여러분! 내 생각이 어떤가요?"

회의장 곳곳에서 박수 소리와 함께 환호성이 들렸다. 여러 쥐가 꾀돌이의 생각에 격한 동의와 격려의 말을 쏟아냈다.

"맞아, 그렇게 하면 되겠네."

"와! 기가 막힌 생각이다."

"역시, 꾀돌이야!"

"이제 전처럼 두 다리 쭉 뻗고 지낼 수 있게 됐어."

한동안 회의장에 큰 박수 소리가 이어졌다. 쥐들 사이에는 마치 벌써 고양이의 위협에서 벗어난 듯이 들뜬 분위기가 가득했다. 조금 전까지만 해도 두려워하고 초조해 하던 분위기가 한순간에 바뀌었다. 대부분 밝은 표정으로 서로 손을 마주 잡고 이제 다 해결되었다는 얘기를 나누었다.

　바로 그때, 구석에서 웅크리고 앉아 있던 할머니 쥐가 한마디를 툭 던졌다.

"그럼 이제 꾀돌이 자네가 고양이 목에 방울을 다는 일만 남은 건가?"

꾀돌이 쥐가 화들짝 놀라 소리쳤다.

"네? 제가요?"

"자네가 그렇게 하겠다는 게 아니었나?"

"무슨 그런 터무니없는 말씀을 하세요! 제가 무슨 힘이 있어서 그런 일을 하겠어요? 고양이 근처에 가자마자 잡아먹힐 텐데요. 이 세상에 내 생명보다 소중한 게 어디에 있다고, 죽을 게 불을 보듯 뻔한 짓을 하겠냐구요."

"그럼 고양이 목에 방울을 다는 일은 누가 하지?"

그 순간 회의장은 찬물을 끼얹은 것처럼 조용해졌다. 숨소리 하나 들리지 않을 정도였고 시간이 정지한 듯했다. 조금 후에 몇몇 쥐들이 한숨을 내쉬면서 기운 빠진 목소리로 툴툴거리며 이야기를 했다.

"좋은 생각이라 해도 소용이 없네."

"맞아, 도대체 누가 고양이 목에 방울을 건단 말이야."

"어느 누가 자기 생명을 내던지겠어."

"그러게. 자기 생명보다 더 중요한 건 없지. 암, 그렇고말고!"

"모두 제 생명이 가장 소중할 수밖에 없으니 누구도 나설 리 없겠지. 결국 하나 마나 한 공허한 얘기네 뭐……."

모든 동물은 자기 생존에 관한 한 본래 이기적일 수밖에 없다는 생각이 회의장의 분위기를 지배했다. 결국 회의에서는 아무런 결정도 할 수 없었다. 그저 각자가 알아서 고양이의 공격을 조심하는 수밖에 없다는 결론에 이를 뿐이었다.

다음 날부터 다시 쥐들은 매 순간 공포에 떨면서 살아야 했다. 곡식 창고든 주방이든 장소를 가리지 않고 고양이가 모습을 나타냈다. 또한 예전에 유일한 위험이었던 사람은 아무리 무섭게 굴어도 어둠이 찾아오는 밤이면 깊은 잠에 빠졌다. 낮 시간에 조심을 하더라도 밤이면 아무런 제한 없이 마음껏 다닐 수 있었다. 하지만 고양이는 밤이라고 해서 조금도 안심할 수 없었다. 오히려 쥐보다도 밤에 집 구석구석을 더 잘 보는 듯했다. 낮이든 밤이든 시도 때도 없이 나타났다.

예전처럼 왁자지껄 다니거나 먹는 게 아닌데도 자꾸 희생자가 생겼다. 고양이에게 들키지 않도록 최대한 조심해서 소리 내지 않고 창고의 구석으로만 다니고 곡식을 먹을 때도 소용히 오물거렸다. 하지만 고양이는 워낙 걸음이 사뿐사뿐해서 쥐에게 다가오는 소리가 잘 들리지 않았다. 식사를 하고 있으면 어디서 나

귀스타브 도레 〈고양이와 쥐〉 1880년

타났는지 벌써 등 뒤에서 날카로운 발톱이 달린 발을 휘둘렀다.

쥐구멍에서 고개를 내밀고 충분히 주변을 살핀 다음에 밖으로 나가도 문제가 해결되지 않았다. 고양이는 높은 곳에도 가뿐하게 잘 올라갔기 때문이었다. 주변에 고양이의 모습이 보이지 않아서 안심하고 곡식을 먹고 있으면 느닷없이 선반이나 나무통 위에서 뛰어내려 공격했다. 마치 독수리가 하늘에서 소리 없이 날아 내려와 먹이를 낚아채듯이 순식간에 쥐의 목숨을 앗아갔다.

한 번 공격에 두세 마리의 쥐가 죽기도 했다. 여러 마리가 모여 있을 때 공격하면 한 마리는 이빨로 목줄을 물고 발로 다른 쥐를 밟아 움직이지 못하도록 했다. 고양이의 사냥 기술이 날로 발전하는 듯했다. 그에 따라 제대로 외마디 비명도 지르지 못하고 죽어가는 쥐의 수가 날이 갈수록 늘어났다.

회의가 끝나고 불과 일주일이 지났을 뿐인데, 다시 스무 마리가 넘는 쥐가 목숨을 잃었다. 무서워서 쥐구멍 밖으로 나가지 않는 날이 점차 많아졌다. 특히 어리거나 나이가 많이 들어 허약한 쥐들이 심각한 어려움을 겪었다. 하루 내내 아무것도 먹지 못하고 주린 배를 움켜쥐고 있어야 하는 경우가 적지 않았다.

이대로는 살아남을 쥐가 별로 없으리라는 두려움이 커졌다. 더욱 절박한 심정으로 다시 쥐들의 회의가 열렸다. 한 마리도 빠지지 않고 모든 쥐가 모였다. 지난번과 마찬가지로 노인 쥐가 회의의 사회자가 되었다.

"여러분도 알다시피 상황은 더욱 안 좋아졌소. 당장 뚜렷한 해결 방법은 떠오르지 않지만 어쨌든 생존을 위한 대책을 세워야 하기에 다시 회의를 열었다오. 누구라도 좋으니 조금이라도 나아질 수 있는 방법을 얘기해주시오."

"……."

모두들 꿀 먹은 벙어리처럼 말이 없었다. 이미 지난 회의에서 떠올릴 수 있는 주요 방법이 모두 나왔기 때문이었다. 하나같이 선택하기 어려운 방법이라는 결론에 도달한 마당에 다시 그 이야기를 꺼낼 수도 없는 노릇이었다. 서로가 답답한 심정으로 고개를 떨어뜨리고 걱정만 하고 있었다.

노인 쥐는 이대로는 도저히 회의가 진행되지 않겠다고 판단했는지 몇몇 쥐에게 말을 하도록 시켰다. 하지만 신통한 방안이 나오지 않았다. 매사에 신중하다는 평을 듣는 쥐인 차분이에게도 한마디 하라고 시켰다. 차분이가 조심스럽게 입을 열었다.

"사실 지난 회의에서 가장 좋은 생각이 나오기는 했어요."

"어떤 생각?"

"고양이 목에 방울을 다는 일이요. 다가오는 소리를 미리 듣고 피하는 게 가장 효과적이라는 건 변함이 없을 듯해요."

좋은 생각이 있었다는 말에 작은 기대라도 품은 채 고개를 들었던 쥐들은 차분이의 말을 듣고 실망의 기색이 역력했다. 사회를 보던 노인 쥐도 비슷한 심정이었는지 힘이 빠진 목소리로 대답했다.

"방울 달기는 생각 자체야 아주 훌륭하지. 하지만 이미 허무한 결론으로 끝났지 않은가. 아무리 생각이 좋으면 무얼 하겠냐 말이야. 구체적인 방법이 없으니……. 무엇보다도 방울을 걸겠다고 나설 쥐가 없지. 누구에게나 자기 생명이 제일 소중한 건 부정할 수 없는 상식이지 않나."

"혹시 그 상식이란 게 잘못된 생각이 아닐까요?"

"무슨 상식을 말하는지……."

"이 세상에 자기 생명보다 소중한 건 있을 수 없다는 생각, 누구나 생명에 관한 한 이기적일 수밖에 없다는 생각을 다시 짚어 봐야 하지 않을까요?"

노인 쥐가 터무니없다는 듯 고개를 가로저었고, 다른 쥐들도 말도 되지 않는 소리라는 반응이었다. 특히 지난 회의에서 고양이가 무서우니 모두 다른 데로 도망가자고 했던 소심이가 펄쩍 뛰었다.

"어느 누가 자기 목숨을 잃을 게 분명한데 나서겠어? 그것도 한 마리로는 고양이 목에 방울을 달 도리가 없어서 최소한 서너 마리는 나서야 하는데 말이야. 가당치 않은 얘기로 다른 이들을 혼란스럽게 만들지 말라구!"

많은 쥐가 부정적인 반응을 보이고, 몇몇은 쓸데없는 소리 그만하라고 쏘아붙였지만 차분이는 물러서지 않고 말을 이어갔다.

"소심아! 모두가 이기적이고, 어떤 경우에도 자기 생명을 우선한다고 생각하면 잘못이야. 새들만 해도 어린 새끼들을 다른 동물이 공격하면 목숨을 걸고 어미 새가 달려들거든. 날지 못하는 것처럼 푸드덕거려서 맹수를 자기 쪽으로 유인하기도 하고. 목숨을 잃을 수 있는데도 말이야."

"설마……. 설사 그런 경우가 있다고 해도 지극히 일부의 이야기일 듯한데. 모든 동물은 본래 이기적인 거 아니야?"

"그런 상식이 너무나 비뚤어진 사고방식이라니까. 다른 동물들 중에도 사자나 늑대와 같은 맹수가 공격하면 새끼들을 가운데 놓고 빙 둘러서서 자기 목숨을 걸고 맹수와 싸우는 경우가 꽤 있어. 거미는 자기 몸을 희생하여 자식들에게 먹이지. 흡혈박쥐 얘기도 어디서 들은 적이 있어. 자기 새끼나 친척이 아니더라도 가까이 매달려 있는 이웃 박쥐가 배고프면 피를 나눠 줘. 침팬지들은 헤엄을 못 치는데도 물에 빠진 동료를 구하려 기꺼이 물에 뛰어들기도 해."

"정말이야?"

"자식이나 자기 종족을 위해 용기 있게 희생하는 동물이 꽤 많아. 그래야 자손이 더 번성하고 종족이 안정적으로 지속되니 말이야. 우리 모두가 이기적일 수밖에 없다는 식의 못된 사고방식으로 방안을 찾으면 답이 안 나와. 우리 쥐들도 얼마든지 이타적일 수 있어. 사나운 고양이 때문에 우리 자식들과 동료들이 얼마

장 바티스트 오드리 〈창고 안의 쥐들〉 1750년경

나 많이 목숨을 잃었니? 이제 무언가 비장한 결단을 해야 해!"

쥐들이 숨을 죽이고 차분이의 말에 귀를 기울였다. 여러 동물의 사례를 들어 설명하니 뚜렷하게 반박할 말도 떠오르지 않았다. 노인 쥐가 진지한 모습으로 차분이의 설명을 듣다가 고개를 끄덕이며 말했다.

"자네 말에 일리가 있네. 그동안 우리는 모두가 어쩔 수 없이 이기적이라는 말로 스스로의 비겁함을 숨겨왔는지도 몰라. 다른 동물들이 이타적일 수 있다면, 우리 쥐들도 마찬가지 아니겠나 싶네. 그런데 자발적으로 희생할 각오를 갖고 나설 쥐들이 있다고 해도, 고양이 목에 방울을 채우려면 보다 구체적인 방법이 있어야 하지 않겠나?"

"그렇죠. 방울을 들고 무작정 고양이에게 다가서면 몇 마리가 되었든 당장 잡아먹히고 말 테니까요. 그래서 생각을 좀 해 봤는데요. 고양이를 속여야겠어요. 이를 위해서는 좀 치밀한 작전이 필요하죠. 몇몇 쥐의 협동도 필요하고요."

"좀 더 자세히 말해주지 않겠나?"

"창고에 있는 높은 나무 술통 위에 두어 마리 쥐가 몰래 숨어 있어야 해요. 방울을 단 올가미를 긴 줄에 매달아놓고 기다리는 거죠. 통 아래에서는 한두 마리의 쥐가 일부러 고양이의 먹잇감이 되어 유인을 하고요. 고양이가 달려들 때 얼른 줄을 내려 목에 방울이 달린 올가미를 씌우는 거예요. 달리던 힘 때문에 저절로 올가미 줄이 조여져서 방울이 목에 단단하게 고정되고요. 물론 고양이는 한걸음에 술통 위로 올라올 수 있으니 작전이 성공해도 대부분 목숨을 잃을 수는 있죠."

"오호! 방법은 자네 말대로 하면 성공 가능성이 꽤 높을 듯하네. 그러면 남는 문제는 결국 누가 그 일을 하느냐인데……. 최소한 서너 마리의 목숨을 잃을 수 있는 위험한 시도인데 말이야. 혹시 차분이 자네는 이 일에 자발적으로 나설 생각이 있나?"

"너무나 무섭기는 하지만 어린 쥐들을 위해 자원하겠습니다."

"몇 마리가 더 있어야 하는데, 나설 의향이 있는 다른 분들이 있나요?"

다시 회의장에 침묵이 찾아왔다. 차분이의 방안이 성공 가능성이 있고, 또한 이타적일 수 있다는 점을 인정하더라도 목숨을 잃는 게 두렵기는 했으니 말이다. 선뜻 어느 누구도 나서지 못하고 서로의 눈치만 볼 뿐이었다. 꼴깍거리며 침 넘기는 소리가 들릴 만큼 침묵의 순간이 길어지고 있던 중에 다시 노인 쥐가 말을 꺼냈다.

"여보게들! 나도 자원하겠네. 할 수 있다면 내가 먹잇감이 되어 고양이를 유인하는 역할을 맡았으면 하네. 나는 이미 살 만큼 살았으니 말일세. 어린 자식들이니 우리 무리를 위해 마지막으로 의미 있는 일을 해보겠네."

쥐 무리에서 가장 어른인 노인 쥐가 나서겠다고 하자 회의장의 분위기가 숙연해졌다. 더군다나 가장 위험한 역할인 먹잇감을 자처하자 소리 없이 눈물을 닦는 쥐도 군데군데 눈에 띄었다. 침묵을 뚫고 지난 회의에서 여럿이서 고양이와 싸우자는 제안을 했던 덜렁이 쥐가 벌떡 일어섰다.

"저기요, 나도 할게요! 어차피 고양이와 싸우자고 했던 놈인데 안 나서면 말이 안 되죠. 과거 저의 제안처럼 성공 가능성이 없는 방식으로 무의미하게 죽어갈 것도 아닌데요 뭐. 기쁜 마음으로 하겠습니다."

이렇게 하여 세 마리의 쥐가 고양이 목에 방울을 다는 일에 참여하기로 했다. 다음 날 손재주가 있는 쥐들이 방울을 매단 올가미를 만들고, 긴 줄에 연결하는 작업을 했다. 자원을 한 세 마리의 쥐는 동료들의 도움을 받아가며 창고의 나무 술통 쪽으로 가서 회의에서 나온 계획대로 세부 과정을 점검했다. 노인 쥐가 술통 아래에 앉아 있고, 차분이와 덜렁이가 통 위에서 줄을 잡고 실제 상황에 가깝도록 반복해서 연습했다.

드디어 작전을 실행하는 날이 왔다. 아무리 굳은 각오를 했다 해도 두려움을 떨칠 수는 없는 노릇이어서 세 마리 쥐 모두 초조하고 긴장된 모습이었다. 다른 쥐들은 쥐구멍 뒤에서 모두 숨을 죽이고 일의 진행을 기다리고 있었다. 이미 쥐들 가운데는 눈물이 눈가에 가득 고여 있는 경우도 꽤 많았다.

세 마리 쥐는 각자가 맡은 위치에서 심호흡을 한 번 크게 하고 약속한 행동을 시작했다. 먼저 노인 쥐가 고양이에게 자신의 위치를 드러내고자 큰 소리로 찍찍 소리를 냈다. 몇 번 크게 소리를 내자 갑자기 주변이 서늘해지는 느낌이 들었다. 이미 고양이가 아주 가까운 거리까지 소리 없이 다가와 있었다. 술통 위에 숨어서 이 모습을 지켜보던 쥐들은 밧줄을 잡은 손에 진땀이 흐르는 듯했다.

드디어 뒷발로 땅을 박차는 소리와 함께 고양이가 나는 듯이 달려들었다. 노인 쥐가 몇 발자국 옮기기도 전에 벌써 등 뒤에까지 다가섰다. 그 순간 술통 위에서 고양이 머리가 닿을 적당한 높이까지 얼른 줄을 내렸다. 다행히 고양이 머리가 올가미에 들어갔다. 하지만 동시에 노인 쥐는 고양이의 이빨에 물려 피를 흘리며 죽었다.

고양이의 달리는 속도가 워낙 빠르고 목에 올가미가 걸리는 충격이 커서 줄을 잡고 있던 차분이와 덜렁이도 통 아래로 굴러떨어졌다. 고양이는 두 눈을 번뜩이며 달려들어 한 발로는 차분이를 찍어 누르고, 이빨로는 덜렁이의 숨통을 끊었다. 이어서 차분이도 고양이의 먹이가 되었다.

세 마리의 쥐를 먹어 치운 고양이는 주변을 한 번 죽 훑어보았다. 더 이상 쥐가 보이지 않자 자리를 뜨려 했다. 배가 부른지 어슬렁거리는 걸음걸이로 창고 밖으로 향했다. 그런데 걸음을 옮기자마자 목에 달린 방울에서 딸랑 소리가 났다. 고양이가 깜짝 놀라 목을 뒤로 빼기도 하고, 발로 목에 걸려 있는 줄을 벗겨내려 했다. 하지만 올가미 줄이어서 머리에 걸려 빠지지 않았다. 한참을 별짓을 다해가며 방울 달린 줄을 떼어내려 했지만 여의치 않자 포기한 듯 다시 걸음을 옮겼다. 걸을 때마다 딸랑거리는 작은 소리가 들렸다.

그 이후 오랜 기간 쥐들은 세 마리 쥐의 희생에 슬픔과 고마움을 느꼈다. 이후 고양이가 나타날 때마다 미리 방울 소리가 들려 대부분의 위험은 피할 수 있었다. 충분히 주의를 하지 않고 경솔하게 행동하는 쥐들이 간혹 목숨을 잃기는 했다. 하지만 이전에 비해서는 훨씬 안전해졌다. 고양이가 사라진 것은 아니어서 조심스럽기는 했지만 끼니를 굶거나 여러 마리가 한꺼번에 공격을 당하는 일은 피할 수 있었다.

거꾸로 보는 이솝 우화

❖ 희생을 무릅쓴 의거가 많은 생명을 살리기도 합니다.
 한 개인의 숭고한 희생을 통해 지켜낸 가치라고 하면
 어떤 사례가 떠오르나요?

❖ 지금 내 삶에서 방울을 달아서라도 피해야 할
 위험에는 무엇이 있나요?

❖ 원작이 주는 교훈을 거꾸로 읽기의 생각과 비교해
 본다면?

날개가 부러진
독수리와 여우

《이솝 우화》 원작에서는…

어떤 사람이 독수리를 잡아 날개를 부러뜨린 뒤 다른 새들과 함께 살도록 했다. 독수리는 속이 상해 아무것도 먹지 않았다. 어느 날 다른 사람이 독수리를 사서 약을 발라 다시 날 수 있게 해주었다. 독수리는 토끼를 낚아채어 치료해준 사람에게 선물로 주었다. 이 모습을 본 여우가 말했다. "그 사람이 아니라 먼젓번 주인에게 주었어야지. 두 번째 주인은 마음씨가 착해. 그럴수록 오히려 먼젓번 주인에게 잘 보여야지. 그래야 다시 잡아서 네 날개를 꺾는 일이 없을 테니까."

거꾸로 읽기 시작!

#악인_대처법
#저항할_것인가_순응할_것인가?
#복수에_대한_내_생각은?

어느 고장에 자유롭게 하늘을 날아다니던 큰 독수리가 있었다. 하늘의 왕으로 불릴 정도로 한번 하늘에 모습을 드러내면 모든 새가 벌벌 떨었다. 높은 하늘에 떠서 유유히 한 바퀴를 크게 돌면 자연스럽게 위엄이 느껴졌다. 워낙 큰 몸집을 갖고 있어서 지상의 동물들도 독수리를 두려워했다. 천천히 하늘을 날다가 먹이를 발견하면 눈 깜짝할 사이에 내려와 날카로운 발톱으로 낚아챘다.

평소에는 가파른 절벽의 바위나 하늘을 찌를 듯 높이 솟은 나무 위에 앉아 있곤 했다. 그러던 어느 날 사냥을 마치고 자주 앉던 나뭇가지 위에 내려왔다가 큰일을 당했다. 농부가 설치해놓은 올가미에 발을 디뎠다가 꼼짝없이 잡히고 말았다. 발에 줄이 걸리는 느낌에 너무 놀라 순간적으로 날아올랐지만 오히려 줄이 조이면서 달아날 수 없었다. 몇 번을 거칠게 큰 날개를 퍼덕거려 보았지만 결국 빠져나가지 못했다.

농부는 독수리를 밧줄로 묶어 집으로 잡아갔다. 날아서 달아나지 못하도록 두 날개를 부러뜨린 후에 마당에 놓아주었다. 사람이나 다른 가축을 공격하지 못하도록 먹이를 줄 때 말고는 부리에도 좁은 망을 씌워놓았다. 많은 사람이 독수리를 보기 위해 찾아왔다. 주인은 사람들이 하늘의 왕을 신기한 듯이 구경하는 모습을 보며 뿌듯해했다.

하지만 독수리는 너무나 수치스러웠다. 더 이상 태양을 가릴 듯 거대한 날개를 펴고 날며 온갖 새와 지상의 동물을 두려움에 떨게 하던 왕이 아니었다. 마당에는 닭이나 오리와 같은 다른 가축들이 함께 있었다. 태연하게 자기 옆을 지나가며 흘낏 바라보는 닭들도 있었다. 이제는 감옥에 갇힌 무력하고 초라한 한 마리의 가축일 뿐이었다. 독수리는 부끄러움과 슬픔 때문에 고개를 숙인 채 아무것도 먹지 않았다. 하루하루 깃털은 윤기가 사라졌고 몸은 비쩍 말라갔다.

우연히 농부의 농장을 찾아온 한 남자가 독수리의 처량한 모습을 보고 마음이 아팠다. 주인에게 약간의 돈을 주고 독수리를 샀다. 아무것도 먹지 않아 뼈만 남을 만큼 마른 데다 곧 죽을 것 같으니 주인으로서도 조금이라도 돈을 받는 게 좋겠다 싶었다. 자기 집으로 데려간 후에 정성을 들여 치료해주었다. 부러진 날개에 붕대를 감아 고정시킨 후 약을 발랐다.

점차 독수리의 마음도 누그러졌다. 일단 다른 사람들에게 구경거리 취급을 하던 농부와 달리 자신을 인정하고 아껴주는 남자가 고맙기도 했다. 조금씩 먹이를 먹었고 틈이 나면 마당을 거닐었다. 점차 예전처럼 살이 오르고 깃털도 윤기를 되찾았다. 그렇게 몇 달이 지난 후에 부러진 날개가 다 나았다. 다시 몇 주가 지난 후에는 하늘을 날 수 있을 만큼 건강을 되찾았다. 남자는 끈으로 묶어서 잡아두거나 하지도 않았다. 오히려 날개가 낫는 대로 하늘의 왕답게 창공을 날아다니라고 격려도 해주었다.

드디어 다시 자유롭게 하늘을 날게 된 날, 독수리는 남자의 집 주위를 한 바퀴 빙 돈 후에 산을 향해 날아갔다. 감사의 표시로 첫 사냥으로 잡은 산토끼를 그 사람에게 선물로 가져다주었다. 마당에 산토끼를 떨어뜨리고 날아가는 독수리를 향해 남자는 손을 흔들었다. 그날 이후에도 종종 산짐승을 잡아다 주었다.

이 모습을 지켜보고 있던 여우가 비웃으며 독수리에게 말했다.

"독수리야! 넌 지금 멍청한 짓을 하고 있어!"

"왜?"

"짐승을 잡아다주는 행동 말이야."

"그게 뭐 어때서?"

"그 남자에게 가져다주는 이유가 뭔데?"

아서 래컴 〈여우〉 1912년

"당연히 나를 구해주고 치료해준 게 고마워서 보답하는 마음이지."

"그게 멍청하다구!"

"이상한 얘기를 하는구나. 잘해준 사람에게 보답하는 게 당연하지 않아? 왜 멍청한 행동이야?"

"선물을 하려면 전에 널 잡아서 다치게 한 사람에게 해야지!"

"무슨 황당한 말이야! 해를 끼친 사람에게 선물을 하라고? 너야말로 멍청한 말을 하는구나!"

"잘 생각해 봐! 네가 고마워하는 그 사람은 착하잖아. 착하고 순한 사람은 남에게 해를 끼치지 않지?"

"그럼! 해를 주기는커녕, 내 경우를 봐도 얼마나 잘해줬는데?"

"하지만 처음에 너를 잡아간 농부는 악한 짓을 했지? 너를 다치게 하고 고통스럽게 했으니 말이야."

"말이라고 하니? 그 농부 때문에 얼마나 아프고 힘들었는데. 지금 생각해도 두렵고 치가 떨려! 아직도 이렇게 무서운데 오히려 그 집에 선물을 가져다주라고? 너 혹시 정신이 어떻게 되지 않았니?"

"착하고 순한 사람은 우리에게 해를 주지 않지만, 악하고 무서운 사람은 해를 끼쳐. 그러면 누구에게 잘 보여야 우리가 해를 입지 않겠니? 우리를 두렵게 하는 사람에게 잘해야 안전하게 살 수 있어. 그러니까 무서운 농부에게 선물을 바쳐서 또다시 너를 잡

베체슬라우스 흘라르 〈녹수리와 양〉 1665년

아 날개를 부러뜨리지 않도록 해야지."

"네 말을 들어보니 일리가 있구나."

다음 날 독수리는 들판에서 풀을 뜯어 먹고 있던 어린 양 한 마리를 잡아서 하늘 높이 날아올랐다. 여우의 충고대로 곧바로 날개를 부러뜨리고 가두었던 농부의 집으로 향했다. 조금 날아가니 몇 달 전까지만 해도 사람들의 구경거리가 되어 수치스러운 나날을 보내던 농부 집의 마당이 보였다. 기르는 닭들에게 모이를 주고 있는 농부도 눈에 들어왔다. 독수리는 양을 마당에 떨어뜨렸다.

과거에 당한 일이 떠오르고 겁이 나서 가까이 다가갈 수 없었다. 높은 하늘에서 양을 놓았다. 당연히 마당에 요란한 소리를 내며 떨어졌다. 농부는 쿵 소리를 내며 양이 하늘에서 떨어지자 처음에는 깜짝 놀라는 듯했다. 잠시 후에 고개를 들어 양이 떨어진 하늘을 보았다. 그런데 예전에 잡았던 독수리인 걸 알아보았는지 조금 후에 손을 흔들어주었다. 독수리는 그토록 무섭던 사람이 자기를 알아보고 손을 흔드는가 싶었다. 나름대로 양을 선물로 준 행위를 반기는 듯했다.

손을 흔드는 모습을 보면서 독수리는 여우의 충고처럼 무서운 사람에게 잘 보이면 앞으로는 해를 입히지 않으리라는 기대를 갖게 되었다. 그래서 다음에 짐승을 잡아서 가져다 줄 때는 조금 더 낮은 곳까지 날아가 내려놓았다. 이번에 농부는 놀라기보다는 더욱 독수리를 반기는 눈치였다. 손을 흔들기만 할 뿐만 아니라 땅으로 내려오라는 손짓까지 했다.

그래서 며칠 후에는 꽤 큼직한 산토끼를 한 마리 잡아 날아가서는 용기를 내어 마당까지 내려갔다. 농부는 독수리를 안심시키려는지 두 손을 등으로 향해 뒷짐을 지고 있었다. 산토끼를 내려놓은 순간 갑자기 농부는 등 뒤에 숨기고 있던 그물을 던졌다. 깜짝 놀라 피하려 했으나 날개 한쪽이 약간 걸렸다.

농부는 독수리가 푸드덕거리며 제대로 날지 못하는 것을 보자마자 커다란 몽둥이를 들고 달려들었다. 다행히 간발의 차이로 한쪽 날개에 걸려 있던 그물이 떨어져나갔다. 독수리는 가까스로 하늘로 날아올라 농부의 손아귀에서 벗어날 수 있었다. 조금만 늦었어도 농부가 휘두르는 몽둥이에 맞아 다시 날개가 부러지거나 심한 경우 죽을 수도 있는 위기가 닥쳤을 것이었다.

독수리는 한편으로는 위기에서 벗어나 안도의 한숨을 내쉬었다. 또 다른 한편으로는 화가 치밀어 올랐다. 몇 번이나 짐승을 잡아 선물로 주었음에도 다시 큰 해를 입히려는 농부의 행위에 화가 났다. 주변 들판으로 날아가 자기가 들어 올릴 수 있는 가장 큰 돌을 집고 다시 농부의 집으로 향했다. 하늘 높은 곳에서 지붕에 떨어뜨렸다. 워낙 높은 곳에서 떨어진 돌이기에 와장창 소리를 내며 지붕에 큰 구멍이 뚫렸다. 농부가 기겁을 하고 집 밖으로 뛰어나오는 모습이 보였다. 다시 돌을 하나 더 들고 와서 떨어뜨리자 지붕의 한 귀퉁이가 떨어져나갔다. 농부는 두려움이 떨며 아예 집 밖으로 도망을 갔다.

이제야 조금 분이 풀려서 독수리는 둥지가 있는 산으로 날아갔다. 날아가는 길에 얼마 전에 충고를 하던 여우가 지나가는 게 보였다. 독수리는 여우에게 다가가 자신의 겪은 이야기를 했다. 당연히 여우에게도 화를 냈다. 두렵게 하는 사람에게 순종하거나 잘 보여야 해를 피할 수 있다는 충고를 따르려다 다시 죽을 위험을 겪었으니 말이다.

그런데 여우는 미안하다는 표정은커녕 오히려 다시 충고하려 들었다.

"너는 성질이 너무 급하구나!"

"뭐라고? 아직도 네가 옳다는 거니?"

"그럴수록 두려운 사람의 비위를 잘 맞춰야지. 전에도 말했듯이 어차피 해는 악하고 무서운 사람에게서 비롯되잖아. 결국 해를 피하려면 해를 주는 사람의 마음에 드는 수밖에 없어."

"네 말대로 오늘 무서운 사람의 비위를 맞추려 했다가 다시 잡혀서 죽을 뻔한 피해를 당했는데도?"

"더욱 순종하고 잘 맞춰주어서 네게 피해를 줄 필요가 없다고 생각하게 만들어야지. 아무래도 시간이 더 걸리지 않겠니?"

"무슨 말이야! 네 말과 반대로 그자에게 저항했더니 문제가 해결되던걸. 내가 돌을 집어다 하늘에서 떨어뜨린 후에야 내게 해

랜돌프 콜더컷Randolph Caldecott 〈**독수리와 여우**〉 1883년

를 주기보다는 오히려 두려워하기 시작했지. 두려움을 떨치고 저항할 때만 안전이 찾아오고, 그자가 더 이상 못된 짓을 못하게 한다는 걸 직접 겪었거든!"

"어떤 경우에도 강하고 두려운 상대에게 맞서서는 안 돼!"

"너야말로 나쁜 놈이구나! 너 같은 사고방식 때문에 악하고 거친 자들이 마음 놓고 다른 이에게 해를 끼치는 거야. 앞으로는 거짓된 입을 놀리지 못하도록 네가 뜨거운 맛을 직접 봐야겠다!"

독수리는 여우를 발로 움켜쥐고 날갯짓을 했다. 아래로 산이 보이고 나무가 작게 보일 정도로 하늘 높이 날아오르자 여우가 겁에 질린 목소리로 비명을 질렀다.

"여우 살려!"

"흥! 이제 어쩔 수 없어!"

"날 어쩌려고 그래?"

"너를 그 농부에게 데려다줄 테니, 직접 비위를 맞추며 잘 살아 봐!"

"이러지 마! 난 네게 해를 준 적이 없잖아."

"아니! 악한 자에게 저항하기보다는 순종하도록 부추기는 너 같은 놈 때문에 지금까지 많은 이들이 계속 피해를 당하고 두려움에 떨며 살았던 거야! 너야말로 악한 자에게 가장 필요하고 친근한 벗일 뿐이지. 벗에게 널 데려다주마!"

독수리는 울며불며 사정하는 여우의 말을 가로막고 빠르게 날

거꾸로 보는 이솝 우화

아갔다. 얼마 지나지 않아 아래로 농부의 집이 보였다. 독수리를 본 농부는 다시 돌을 떨어뜨리려는 줄 알고 벌벌 떨며 뒷걸음질을 쳤다. 용서해달라는 듯 두 손을 비비는 모습도 보였다. 지붕 정도의 높이에 도달했을 때 여우를 마당에 떨어뜨렸다. 여우는 떨어지면서 다리를 다쳐 달아날 수 없었다. 독수리는 다시 날아 산으로 돌아갔다.

　독수리가 보이지 않게 되자 농부는 비로소 안심했다. 곧바로 큼지막한 몽둥이를 집어 들고 마당에서 버둥거리고 있는 여우에게 다가갔다. 도망갈 생각을 못 하도록 여우를 두들겨 팼다. 이어서 여우의 목에 튼튼한 밧줄을 맨 후에 마당의 나무에 단단히 묶어두었다. 다음 날부터 동네 사람들이 이번에는 여우를 보기 위해 농부의 집을 찾아왔다.

❖ 내가 독수리라면 자유를 얻은 후 농부에게 어떻게
하겠습니까? 여우에게는 어떻게 행동할까요?

❖ 원작이 주는 교훈을 거꾸로 읽기의 생각과 비교해
본다면?

신에게서 언어를
선물로 받은 인간

《이솝 우화》 원작에서는...

신이 처음에 동물들을 만들 때 모두에게 선물을 주었
다. 동물에 따라 힘이나 빠른 발, 날개 등을 주었다. 그
러나 사람이 "왜 제게만 은총을 베풀지 않으십니까?"
라며 따져 물었다. 신은 "너는 가장 큰 선물을 받고도
모르는구나. 네가 선물로 받은 말은 힘센 자들보다 더
힘세고 가장 빠른 자들보다도 빠르니라."라고 했다.
사람은 신의 선물을 알아보고는 감사드리며 떠났다.

거꾸로 읽기 시작!

#말의_힘
#인간의_무기
#모두에게_하나씩_주어진_선물

신이 동물들을 만들 때 모두에게 은총을 베풀어 각각 특별한 선물을 주었다. 사자나 호랑이와 같은 맹수에게는 엄청난 힘과 용맹한 기질을 주었다. 한번 물면 어떤 동물도 빠져나갈 수 없는 날카로운 이빨을 주었다. 또한 세게 휘두르면 비슷한 몸집을 가진 동물이라 해도 쉽게 거꾸러뜨릴 수 있는 강인한 발과 발톱을 주었다. 힘과 싸움으로는 상대가 없기 때문에 동물의 왕이라 불리도록 해주었다.

새들에게는 어디든 마음 내키는 대로 날아다닐 수 있는 날개를 주었다. 대부분의 동물은 자기가 태어난 땅에서 벗어나지 못하고 평생을 살았다. 기껏해야 산을 몇 개 넘을 정도의 거리 안에서 지냈다. 하지만 새는 자유롭게 창공을 날기에 계절에 따라 아주

거꾸로 보는 이솝 우화

멀리 있는 곳까지 쉽게 갈 수 있었다. 게다가 땅 위의 먹이가 눈치채지 못하도록 날아가 소리 없이 사냥하기에도 수월했다.

말과 같은 동물에게는 아주 빠른 발을 주었다. 강한 이빨이나 발톱이 없는 대신 맹수들이 쫓아오기 어려울 만큼 순식간에 달아나게 해주었다. 늘씬하게 쭉 뻗은 다리를 뽐내며 드넓은 초원을 마음껏 달렸다. 시원한 바람을 가르며 초원을 가로질러 달릴 때면 수많은 동물이 부러운 눈초리로 지켜봤다.

몇몇 동물들에게는 한눈에 반하게 만들 정도의 아름다움을 선물로 주었다. 공작은 신에게서 받은 아름다운 깃털 덕분에 모든 새들로부터 부러움을 한 몸에 받았다. 다른 동물이나 사람도 그 아름다움에 넋을 잃고 빠져들었다. 수사슴도 선물로 받은 아름다운 뿔을 한껏 자랑하며 초원을 우아하게 걸어 다녔다. 선망이 가득한 주위 동물들의 시선을 독차지하면서 말이다.

아주 달콤한 맛을 늘 느끼며 살게 해준 동물들도 있다. 나비와 벌과 같이 아름다운 꽃들 사이를 날아다니는 곤충이 그 덕을 보았다. 입에 가늘고 긴 빨대를 갖게 된 덕분에 꽃 안의 달콤한 꿀을 마음껏 즐길 수 있게 되었다. 꽃마다 다양한 맛의 꿀을 갖고 있는데, 평생 이 모든 즐거움을 누릴 수 있었다.

그 외에도 여러 동물이 신이 선물 덕분에 나름대로 만족스러운 기분으로 살아갈 수 있었다. 물고기에게는 물속에서도 자유롭게 숨 쉬며 살아갈 수 있는 능력을 주었다. 원숭이에게는 나무 사이

벤체슬라우스 홀라르 〈말하는 이솝과 동물들〉 1665년

를 오갈 수 있도록 길고 튼튼한 팔을 주었다. 몸집이 크든 작든 그 동물의 신체나 조건에 맞도록 한두 가지의 혜택을 누리도록 배려했다.

신은 대부분의 동물이 선물에 만족스러워하는 표정을 보고 기분이 좋아졌다. 지상의 온 동물이 고마워하고 찬양하는 말을 들으니 어깨가 으쓱해졌다. 골고루 적당한 선물을 나눠주기를 참 잘했다고 생각했다. 이제 편히 쉬어야겠다며 하늘 꼭대기에 있는 옥좌에서 일어나려고 하는 순간이었다. 갑자기 땅에서 시끄러운 소리가 들렸다.

"신이시여, 어찌 이러실 수 있단 말입니까?"

혹시 잘못 들은 게 아닌가 싶어 다시 귀를 기울였더니 다시 굉장히 불만스러운 듯 외치는 소리가 들렸다.

"이건 해도 해도 너무하십니다! 제 앞에 모습을 좀 보여주시지요!"

고개를 쭉 빼고 구름 아래를 내려다보니 사람이 하늘을 보며 고함을 지르는 모습이 보였다. 무슨 일인가 싶어 일단 물었다.

"사람아! 무슨 일이기에 이렇게 소란스럽게 구느냐?"

"아니, 제가 이렇게 하소연하지 않게 생겼냐구요!"

신은 거칠게 토해내는 말투가 신경에 거슬리기는 했다. 하지만 일단 어떤 이유인지는 알아야 했기에 성질을 꾹 참고 다시 물었다.

"네 입을 삐죽 튀어나오게 만든 불만이 뭔지 말을 해라."

"왜 사람에만 은총을 베풀지 않으십니까? 사자나 독수리만이 아니라 하다못해 제 손가락보다도 작은 벌에게까지 선물을 주셨으면서 저는 뭐냔 말입니다. 아무것도 주지 않고 이렇게 허약하게 살도록 방치하시니까요."

"네가 허약하다고? 왜 약하다고 생각하는가?"

"당연하죠! 지금 제 모습을 보면 누가 봐도 약해 빠진 게 너무나 분명하지 않나요? 다른 동물을 공격할 이빨이나 발톱을 주지 않으실 거면, 차라리 말처럼 재빨리 도망갈 수 있는 발이라도 주었어야지요. 그런데 이 밋밋한 이빨이 뭐고, 이 가늘고 길어서 힘이라고는 제대로 쓰기로 어려운 손가락은 뭐냐고요. 신께서 한번 말의 다리와 제 다리를 비교해보세요. 이렇게 초라해 보이는 몸을 그대로 방치하시면 안 되죠!"

"몸이 약해서 살기 어려웠느냐?"

"그럼요! 힘을 주지 않아서 얼마나 불안하게 하루하루를 살고 있는데요. 토끼처럼 작은 동물이나 사슴처럼 약한 동물을 사냥할 때도 자주 실패해서 배고픔에 괴로운 날이 많거든요. 사나운 맹수에게 쫓길 때는 또 어떻고요. 죽기 살기로 도망쳐도 상처를 입거나 맥없이 죽는 경우도 있거든요. 너무나 불공평해요. 빨리 사람에게도 큰 선물을 주세요!"

신은 불만을 들으면서 내내 답답한 표정을 지었다. 한두 번은 자기 심정을 못 알아준다는 듯 긴 한숨을 내쉬기도 했다. 사람이

거꾸로 보는 이솝 우화

말을 다 마치자 안타까운 듯한 목소리로 대답했다.

"사람아! 너는 선물을 받아놓고도 모르고 있구나."

"네? 제가 이미 선물을 받았다고요? 무슨 그런 황당한 말씀을?"

"받았다 뿐이겠느냐. 어느 동물도 누리지 못한 가장 큰 선물을 받고도 전혀 모르고 있으니 참으로 답답하구나!"

"설마 신께서 저를 놀리시는 건 아니죠?"

"모든 동물에게 준 그 무엇보다도 가장 큰 힘을 갖게 해준 선물인데?"

"전혀 받은 기억이 없는데요. 도대체 뭐죠?"

"자유롭게 다른 사람과 말을 나눌 수 있는, 언어 능력을 받지 않았느냐."

"에이! 결국 놀리시는 거네요. 말하는 능력이 무슨 강한 힘이에요?"

"말은 신이 갖고 있는 능력에 거의 맞먹을 정도야. 사자나 호랑이보다도 더 센 힘이고, 치타나 말보다도 더 빠르게 만들어주거든. 이제 보니 정작 그 엄청난 힘을 네가 모르고 있구나."

이번에는 사람이 답답한 표정을 지었다. 신이 무슨 얘기를 하는지 하나도 이해할 수 없어서 어안이 벙벙했다. 아무래도 자기를 계속 놀리는 게 아닌가 하는 의심의 눈초리를 거두지 않으며 다시 물었다.

"매일 떠드는 말이 그런 힘을 갖고 있다고요? 심지어 신의 능력과 비슷하다고요? 저는 도무지 이해가 가지 않네요. 도대체 말에 어떤 힘이 있죠?"

"허! 정말 모르나 보네. 사람들은 주로 어떤 동물을 사냥하지?"

"그야, 사슴이나 들소를 노리는 경우가 많죠."

"사람은 사슴보다 빠른가?"

"에이, 뛰는 걸로 어떻게 사슴을 이겨요."

"사람은 들소보다 힘이 센가?"

"들소가 큰 몸집으로 부딪히면 우리는 한 방에 날아가 버릴 텐데요. 무엇보다 들소의 날카로운 뿔과 우리의 허약한 이는 비교가 안 되죠. 우리 치아로는 들소의 두꺼운 가죽을 뚫지도 못하는걸요."

"그들보다 힘이 세지도 못하고 빠르지도 못한데 어떻게 사냥을 하지?"

"무작정 달려들면 당연히 실패하거나 오히려 우리가 당하죠. 동료들과 작전을 짜서 사냥을 해야 성공해요. 미리 만들어놓은 함정으로 몰아서 넘어뜨리거나 빠뜨려 잡곤 하죠. 혹은 여럿이 멀리서 창이나 도끼를 던져 잡기도 하고요."

"더 힘이 세고 빠른 동물을 잡으니 사람이 얼마나 강한가! 사람 여럿이 무엇으로 작전을 짜는가? 말을 이용하여 의논하고 서로가 할 일을 나누잖나. 여럿이 의논함으로써 협동이란 걸 하게 됐지. 세상에 이보다 강한 힘은 없거든."

"그렇기는 하네요. 하지만 풀 뜯어 먹고 사는 동물들을 잡는 정도지요. 사자나 호랑이를 사냥하는 건 아니잖아요. 그러니 언어가 아주 센 힘은 아니죠."

"하나만 알고 둘은 모르는구나. 사자나 호랑이와 직접 상대하지는 않지만 사람이 사는 마을을 피하지?"

"숲이나 들판에서 맞닥뜨리면 공격하지만 우리가 무리 지어 사는 곳으로 오지는 않죠."

"사자가 말이나 들소가 무리 지어 있는 곳을 찾아가 공격하는 일은 흔하지. 하지만 사람들이 사는 마을로 오지 않는 것은 두렵기 때문이야. 그 두려움은 바로 언어로 인해 생기는 협동 덕분이고. 따로 떨어져 있는 개인은 약할지 몰라도, 사회를 통한 공동체의 힘은 막강하니까."

"말 덕분에 사회가 만들어졌다고요?"

"당연하지! 언어가 있으니 사회를 유지할 법이나 도덕을 정할수 있었지. 게다가 어른들이 교육을 통해 어린아이나 청소년에게 사회의 규칙을 가르칠 수 있고 말이야. 덕분에 사람은 수십명, 수백 명, 심지어 수천 명 이상이 모여도 질서를 갖추고 움직이기에 동물들을 다스릴 수 있게 되었지 않은가?"

"하긴 우리는 큰 무리를 유지하기 위한 규칙을 정해 살고 있기는 하죠. 말로 분명하게 정한 규칙이 없으면 각자가 제멋대로 행

헨리 저스티스 포드 〈**이솝 우화**〉 1888년

동할 테니까요. 아이들에게 어려서부터 교육도 시키고요. 하지
만 여전히 직접 사자와 같이 단번에 상대의 숨통을 끊을 이빨이
나 말과 같이 빠른 발은 없는걸요. 그냥 개인에게 강한 힘을 선물
로 주시면 안 될까요?"

"너희 욕심은 끝이 없구나. 언어가 곧 사자의 이빨이고, 말의
발이기도 하다는 걸 정말 모르느냐?"

"에이, 이번에는 신께서 확실히 억지를 부리시는데요."

"사람들이 만들어 쓰고 있는 무기인 창이나 활을 생각해 봐. 창
은 사자의 이빨이나 발톱보다 더 날카롭고 강하지? 또한 동물의
발보다 길어서 멀리서 찌르거나 던질 수 있지? 활은 또 어때? 말

이나 치타보다 훨씬 빨리 날아가 상대의 몸을 꿰뚫지?"

"창이나 활이 강력하긴 하지만 신께서 주신 선물은 아니잖아요. 우리가 고민해서 만들어낸 무기 아닌가요?"

"창이나 활은 어느 한 사람이 불쑥 만들어 내놓은 게 아니지 않느냐. 사람들이 서로 머리를 맞대고 의논해서 만들어낸 무기 아니냐? 언어를 통해 지혜를 모으고 기술을 개발하고 교육을 통해 다음 세대로 이어서 발전시켰기에 가능했지."

"듣고 보니 그렇기는 한데……."

신은 자신이 방금 사람에게 한 설명에 아주 만족스러워했다. 나름대로 꽤 설득력 있게 설명해서 사람들이 수긍을 하게 되리라 생각했기 때문이었다. 언어가 지니는 능력을 여러 가지로 조목조목 알아듣기 쉽게 얘기했으니 말이다. 처음에는 꽤 거칠게 항의해서 괘씸하기는 했다. 화를 내거나 벌을 내려서 정신을 번쩍 차리게 할까 하는 생각도 없지는 않았다.

하지만 이렇게 충분하게 이해를 시키고 나면 사람은 물론이고 여러 동물 사이에서도 신의 넓은 마음에 대한 칭송이 퍼지게 되리라 예상했다. 곧 신에게 무릎을 꿇고 언어를 선물로 준 은혜에 대해 고마워하리라 생각했다. 안 그래도 잔뜩 불만스럽게 항의하던 사람의 표정이 상당히 풀리기도 했다. 사람이 고개를 끄덕이며 조금은 더 부드러워진 목소리로 신에게 대답했다.

"제가 미처 몰랐던 사실이기는 하네요. 저는 우리가 숨을 쉬듯 편하게 사용하는 말이 이토록 큰 힘을 가지고 있는 줄은 전혀 몰랐거든요. 그동안 여러 유용한 기술이나 상당히 큰 사회를 만들어내는 데 말이 큰 역할을 했다는 걸 덕분에 잘 알게 됐으니 고맙기는 합니다."

신은 그러면 그렇지 하는 마음이 들었다. 이제 사람을 돌려보내고 편하게 두 다리 쭉 뻗고 잘 일만 남았구나 생각했다.

"사람아! 이제 내가 준 선물이 얼마나 대단한지 알았느냐? 다른 어떤 동물보다도 사람들에게 큰 은혜를 베풀었느니라. 그러면 이제 돌아가서 불만을 갖지 말고 나를 열심히 숭배하며 살아가거라!"

사람은 신에게 큰절을 한 후에 자기가 사는 마을로 돌아갔다.

신은 며칠을 한가하게 보냈다. 모든 동물에게 선물을 하나씩 준 후에 사람까지 잘 이해시켰으니 별일 없이 느긋한 시간을 보낼 수 있었다. 한동안은 평화로운 나날을 즐기겠다고 생각하고 있는데 다시 지상에서 신을 부르는 시끄러운 소리가 들렸다. 간만의 여유를 누가 또 방해하는가 싶어 구름 아래로 고개를 내밀어 보았다.

"신이시여! 신이시여!"

며칠 전에 거칠게 항의하던 사람이 다시 찾아왔다. 신이 준 선물에 고마운 마음에 제물을 바치러 왔는가 싶어 물었다.

"왜 다시 찾아왔느냐? 감사 인사라도 하려 하느냐?"

"며칠간 곰곰이 생각했는데, 좀 애매한 구석이 있어서요. 신의 말씀을 제대로 듣고 싶어서 찾아왔습니다."

"애매하다고?"

"네! 말이 사람에게 준 혜택이 있는 건 분명한 듯합니다. 그런데 말 때문에 생기는 피해도 커서 선물이기만 한 건지 잘 모르겠어서요."

"이해할 수가 없구나. 부작용을 말하느냐?"

"말로 이웃 사람을 속이는 거짓말이라든가 하는 작은 문제라면 굳이 신께 찾아오지도 않았죠. 부작용이야 무엇이든 있기 마련이니까요. 하지만 말이 주는 피해는 단순히 작은 부작용을 넘어서는 듯해서요."

신은 불쾌한 기분이 들었다. 기껏 다른 동물은 꿈도 꾸지 못할 최고의 선물을 주었더니 큰 문제가 있다며 공연한 시비를 건다 싶었다. 심지어 얼마 전에 친절하게도 충분한 설명까지 해줬는데도 말이다. 당장 호통을 치고 싶었으나 체통을 잃지 말아야지 하면서 침착하게 물었다.

"그래? 말이 사람에게 어떤 큰 피해를 주는데?"

"말이 사람들을 억압 안에서 살게 하고, 노예처럼 힘든 나날을 받아들이게도 하거든요."

"무슨 억지냐?"

"억지나 과장이 전혀 아닙니다요. 많은 사람이 실제로 고통을

귀스타브 도레 〈**권력**〉 1876년

받고 있거든요."

"어디 말해 보아라! 만약 거짓이 있으면 무서운 벌을 내리겠노라!"

"제가 어찌 감히 신께 거짓을 말하겠어요. 먼저 묻겠습니다. 원래 신께서 만들 때 사람에 따라 더 높거나 낮은 신분을 만드셨나요?"

"그럴 리가 없지! 신이 어떻게 사람 안에 차별을 두었겠느냐. 모든 사람이 똑같이 공평하게 누리며 살게 만들었지."

"그렇죠? 저도 당연히 그러셨으리라 생각합지요. 그런데 현실에서는 온갖 방식으로 높고 낮은 신분을 나눠 억압하거든요. 왕이나 귀족이 그러한 족속들이죠. 칼이나 창을 든 군대를 통해 자

거꾸로 보는 이솝 우화

기를 섬기게 하고, 만약 따르지 않으면 죽이거나 다치게 해요."

"그래? 아주 못된 놈들이구나! 자네 얘기를 들으니 나도 화가 치밀어. 신의 뜻이라며 자기 욕심을 챙기는 놈들을 당장 혼내주고 싶지. 하지만 그게 왕이나 귀족을 자처하는 자들의 못된 짓일 수는 있어도 말의 문제라고 할 수 있나?"

"문제는 말이라는 게 이 부당한 상황을 마치 올바르고 자연스러운 것으로 여기게 만드니까요."

"괴상한 소리를 하는구나! 말이 어떻게 그런 역할을 하지?"

"왕족, 귀족, 평민, 노예라는 말을 만들어 원래 이 세상이 그렇게 나눠져 있던 듯이 구분해요. 왕관은 신이 특정한 인간에게만 주는 권한이니 그 누구도 도전하면 안 된다고 가르쳐요. 자연에 하늘과 땅이 있듯이 본래 사람 사이에도 높고 낮은 신분이 있다고 말하고요. 왕이나 귀족 같은 신분을 부정하거나 무시하는 행위는 신의 뜻이나 자연의 이치를 어기는 짓이라고 하죠."

"자기들 욕심으로 하는 짓을 신의 뜻이라고 말한다고? 괘씸한 놈들이구나."

"그뿐인가요? 왕이나 귀족을 만나면 공손한 자세를 보이는 게 인간의 도리라고 가르쳐요. 국가라는 말에 충성이라는 말을 붙여서 사용하죠. 왕은 백성이 어버이니 자식이 부모를 따르듯 왕에게 따르라고 해요. 군인에게는 무조건 복종이 생명이라는 말을 누구도 어기지 못하는 법칙인 듯이 말하고요. 칼이나 창을 든 군대를 민중의 지팡이라고 부르게 해서 무조건 받아들이게 하고요."

"공평하게 사람을 만든 내가 차별을 허용할 리가 없지 않느냐! 그런데도 괴상한 말에 속는단 말이냐? 정말 바보 같구나!"

"속고 있는 사람들의 잘못이라고만 할 수 없죠. 워낙 어려서부터 이런 말을 들어왔기에 자기도 모르는 사이에 왕이나 귀족을 보면 고개를 숙이고, 군인에게 공격 명령이 떨어지면 죄 없고 약한 부녀자라 해도 무참하게 죽여 버리죠. 그뿐인지 아세요? 노예처럼 일을 시키면서도 마치 일을 축복처럼 여기게 만들죠."

"나를 놀리느냐? 어떻게 일에 혹사당하면서 기쁘게 여겨?"

"대부분의 사람은 거의 평생 일만 하다가 죽지요. 귀족이나 부자들이 대대로 떵떵거리며 살기 위해서는 많은 사람에게 잠을 줄여가며 일을 하도록 시켜야 하거든요. 그래서 어려서부터 근면과 성실을 사람이 가져야 할 가장 중요한 덕목으로 가르쳐요. 반대로 한가하게 보내는 걸 게으름이라는 말로 저주하고요."

"근면과 게으름이라는 말을 만들어서 비교한다고 속아? 바보 아니냐?"

"그렇게 간단하지가 않아요. 아주 교묘한 말로 포장하거든요. 성공과 실패, 선과 악, 정상과 비정상이라는 말도 만들어서 연결해요. 근면 성실한 노동에 성공하는 인생을 연결해요. 더불어 선함과 정상이라고 배우죠. 반대로 게으름은 실패한 인생으로 떨

귀스타브 도레 〈귀족과 일하는 사람들〉 1876년

어지는 지름길이라고 배워요. 이 세상의 가장 큰 악과 비정상으로 연결시키고요."

"답답한 노릇이구나! 어떻게 말을 그렇게 악용하나?"

"말은 그다지 공평하지 않아요. 신이 인간에게 말하는 능력을 주었다고 하지만 단어를 비롯하여 구체적인 표현을 누가 만들까요?"

"그야, 너희 사람들 아니냐?"

"물론 사람들이 살아가면서 그냥 만들어지는 말도 있지만 중요한 단어는 권력을 갖거나 부유한 사람들이 만들죠. 당연히 자기 생각을 나머지 사람들의 머릿속에 심이비리는 빙식으로 만들고요. 언어의 주도권이 그들에게 있죠. 말은 소수가 다수의 사고방식을 조종하는 수단으로 사용되는 경우가 많아요."

"내가 모르는 사이에 생각하지도 않았던 일들이 벌어졌구나."

"그러니까요. 처음과 달리 이제는 말이 공평하지도 않고 단지 생각을 전하는 수단으로 머물지도 않아요. 오히려 갈수록 사람들의 생각을 조종하는 수단이 되어가고 있지요. 그러니 어떻게 우리를 위한 선물이라며 좋아하기만 하겠냐구요!"

"사람아! 내가 너희에게 준 것은 말하는 능력일 뿐이니 내게 따질 일은 아닌 듯하다. 나머지는 사람들이 만들어냈으니, 그로 인해 생긴 문제도 너희가 해결해라."

"할 수 없네요. 그래도 말의 능력을 주신 분이니 마지막으로 사람들에게 말에 대해 한마디 충고를 해주세요."

"한마디로?"

"네! 아주 간단하게요."

"속지 말라!"

❖ 인간이 받은 가장 큰 선물은 무엇이라고 생각하나요?
  각자 생각을 나눠봅시다.

❖ 언어가 서로에게 진정한 선물이 되려면 어떤 변화를
  도모해야 할까요?

❖ 원작이 주는 교훈을 거꾸로 읽기의 생각과 비교해
  본다면?

왜 이솝 우화를
뒤집어야 하는가?

우리는 대부분 이솝Aesop의 자식들이다. 만약 정신에도 유전자가 있다면 부모 중의 한쪽 정도는 차지한다. 이솝 우화는 어린 시절에 지식이나 지혜를 습득하는 주요 통로다. 우리는 어릴 때 우화 형식으로 지식을 받아들인다. 부모로부터 들었든 아니면 책을 통해 접했든 우화의 뿌리에 이솝이 자리 잡고 있다. 이솝 우화를 직접 접하기도 하고, 각색과 변형을 거친 우화를 만나기도 한다. 어떤 경우든 사고방식에 예민하게 뿌리를 내린다.

성장하면서 접했다 사라져버리는, 한때의 사소한 이야기나 추억에 머물지 않는다. 나름대로 체계를 갖춘 지식 형태로 인간과 세상을 만나는 첫 경험이기에 다른 무엇과도 비교할 수 없을 정도로 강렬하다. 사람은 지식과 지혜에 관한 한 백지 상태로 태어

난다. 처음에 제대로 언어를 사용하지 못할 때는 감각을 통해, 그리고 언어에 대한 초보적 이해를 갖춘 다음에는 부모의 말이나 우화를 통해 받아들인다. 우화는 특정 행위를 했을 때 부모로부터 제지나 칭찬을 받는 일회적 경험과는 상당히 다르다. 어떠한 생각과 행위를 했을 때 어떠한 결과가 뒤따르는가를 배우는, 일반적이고 체계적인 학습 경험이기 때문이다.

무엇보다도 우화의 형식과 내용이 아이들이 호기심을 갖고 접하거나 받아들이기 쉽도록 되어 있다. 매우 친숙한 동물이 주인공으로 나온다. 동물들이 이야기를 하고 흥미로운 행동을 한다. 게다가 대부분의 내용이 특정한 교훈을 담고 있기에 자연스럽게 현실에 대한 상식적·도덕적 태도로 이어진다. 그렇기 때문에 과거는 물론이고 현재에 이르러서도 전 세계에서 아이들에게 무엇이 옳고 그른지를 가르치는 교재로 가장 폭넓게 사용되고 있다.

상식과 도덕은 한번 우리의 마음에 자리 잡으면 좀처럼 변하지 않는다. 전문적 지식은 시대가 변하고 새로운 내용이 머리로 들어오면 얼마든지 바뀐다. 하지만 우화를 통해 습득한 인간과 세상에 대한 기본적 태도는 평생에 걸쳐 끈질기게 따라다닌다. 몸에 대해 유전자가 하는 역할과 비슷하게 징신에 영향을 미친다. 그렇기 때문에 어른들의 정신세계에도 주요 뿌리 중의 하나로 강인한 생명력을 유지한다.

문제는 이솝 우화가 그다지 보편타당한 교훈을 담고 있지 않다는 점이다. 시대를 초월하여 언제 어디서나 인간에게 꼭 필요한 내용으로 채워져 있다고 여기지만 실상은 전혀 다르다. 먼저 이솝(기원전 620~564년경)과 그 시대에 대한 이해에서 출발할 필요가 있다. 지식이나 지혜는 작가가 살아가던 시대나 사회로부터 자유로울 수 없기 때문이다.

이솝은 전쟁 포로가 되어 그리스에 끌려와서 상당 기간 노예로 살았다고 알려져 있다. 이솝이 활동하던 고대 그리스는 기본적으로 신분제도 아래 있었다. 노예에 대한 착취에 근거하여 대부분의 생산 활동이 이루어졌다. 종교와 정치가 분리되지도 않았다. 게다가 아직 민주정이 시작되기도 전이었다. 귀족 집정관과 부유한 귀족들로 구성된 귀족 회의의 지배 아래 있었고, 독재 요소가 가득한 참주 정치가 횡행했다.

이솝 우화에도 이러한 시대적인 한계가 고스란히 담겨 있는 경우가 드물지 않다. 그가 의도했든 의도하지 않았든 노예노동에 기초한 신분제 사회의 논리가 스며든 내용이 꽤 눈에 띈다. 심지어 노예주가 노예에게 권할 만한 교훈도 많다. 또한 강자 입장에서 약육강식의 냉혹한 논리를 정당화하기도 한다. 나아가서는 세상에서 성공하기 위해서는 거짓말을 포함하여 부도덕한 짓도 거리낄 필요가 없다는 식의 논리조차 사용된다.

이솝의 우화 모두는 아니지만, 적지 않은 내용이 시대의 어두운 그림자를 마치 밝은 빛처럼 포장한다. 지난 수천 년 동안 이솝 우화가 통치세력에 의한 도덕교육 매개로 애용되어 왔던 경향도 우연이 아니다. 근대 이전의 신분제 사회에만 해당되는 내용이 아니다. 현대사회에 들어와서도 권위주의 통치나 강자 중심의 노동윤리를 강조하는 경향은 여전하고, 이솝 우화가 이를 뒷받침하는 효과적인 논리를 제공한다.

그럼에도 불구하고 예나 지금이나 이솝 우화는 원래의 내용 그대로 전달된다. 시간과 장소를 불문하고 타당한 지혜처럼 여기도록 권장된다. 자신도 모르는 사이에 어려서부터 왜곡된 도덕과 부당한 논리를 흡수한다. 별 의심 없이 자신의 인생관과 세계관의 주요 근거로 받아들이곤 한다. 이솝 우화에 대한 새로운 발상과 접근이 필요한 이유다.

우화 가운데는 아예 내용 전체를 뒤집어 보아야 하는 경우가 있다. 이를 위해 이 책에서는 몇몇 우화에서 이솝이 내리는 결론과 상반된 방향으로 풀어감으로써 현대인에게 요구되는 새로운 교훈을 끄집어내고자 했다. 혹은 거꾸로 세울 필요까지는 없지만 적어도 비틀어 봄으로써 진실에 한 발짝 가까이 다가서는 경우도 있다. 이솝의 상식과 다른 문제의식을 통해 새롭게 생각하는 계기를 만들고자 했다.

본래 이솝 우화는 거의 모든 이야기가 매우 짧은 내용이다. 단 몇 문장 안에 전달하려는 교훈을 압축적으로 담는 방식이다. 이

책에서는 보다 풍부한 이해를 위해 구체적인 상황과 대화로 보완하여 풀어갔다. 한결 친절하게 새로운 문제의식을 전하려는 의도였다. 이솝의 생각과 비교하여 볼 수 있도록 각 이야기를 시작하기 전에 본래의 이솝 우화 내용을 정리해 놓았다.

작가로서의 삶을 시작할 즈음부터 꼭 써야지 했던 책이다. 스스로의 부족한 역량을 핑계 삼아 미루어오다가 이제야 용기를 내 작업의 결과를 내놓는다. 이솝 우화에 대한 새로운 해석과 대안을 고민하는 데 조그만 기여라도 되었으면 하는 마음이다.

박홍순

지금 만나야 할 21세기 이솝

거꾸로 보는 이솝 우화

초판 인쇄일 2020년 1월 20일
초판 발행일 2020년 1월 28일

지은이 박홍순

발행인 이상만
발행처 마로니에북스
등록 2003년 4월 14일 제 2003-71호
주소 (03086) 서울특별시 종로구 동숭길113
대표 02-741-9191
편집부 02-744-9191
팩스 02-3673-0260
홈페이지 www.maroniebooks.com

ISBN 978-89-6053-583-1 (03890)

이 도서의 국립중앙도서관 출판예정도서목록(CIP)은 서지정보유통지원시스템
홈페이지(http://seoji.nl.go.kr)와 국가자료종합목록 구축시스템(http://kolis-net.nl.go.kr)에서
이용하실 수 있습니다. (CIP제어번호 : CIP2020001208)

※책값은 뒤표지에 있습니다.